III. ÓLEO AL

ALBA

III. ÓLEO AL ALBA
ANOCHE SOÑÉ
CON
VERSOS.

Tony Cantero Suárez

ÍNDICE

Dedicatoria:

A mis padres e hijo, hermana, sobrino y resto de la familia y amigos, con inquebrantable amor e incorruptible añoranza de aquellas mañanas mágicas pasadas en el patio mi casa natal; y que entre alegrías y lágrimas me llegan a diario hasta el más acá. Recordándome el desayuno al despertar, juntos, disfrutándonos cómo nunca más ocurrirá, si por fin no nos juntamos. Como en estas páginas salidas desde el fondo de mi alma que hoy vaga alejada y nostálgica...

A todos por igual; ¡infinitas gracias, por todo!

COLECCIÓN
Los Susurros de Cantero
Óleos Poéticos. ©

™

Prologo:

Cuando la prosa se pin-
ta de imágenes, óleos, se
impregna de destellos,
se vuelca a los símbolos
en arte y sentimientos, y
devuelve su nombre con
hechizos, para denomi-
narlos: luz, alba, dulzu-

ra, testimonio; se vuelve, entonces, poesía.

No escapa la palabra a su imagen: la desnuda en su verso y le
da nuevo sentido, para que el lector la haga suya y le cobre
vida. La obra de Tony Cantero Suárez es un recuento de palabras con toda la belleza de la imagen. El instante se vuelve
dibujo en la palabra y se percata que tiene colorido para fluir
en el aroma de la letra. Cobra, de esta manera, sentido de sí
misma y se deja enseñorear en la lectura.

Tony nos susurra sus ser a lo largo de su libro y lo mezcla
con los objetos, para ser ellos mismos y reflectarse como:

"¡El hombre bueno que hoy llevo dentro!..."

Así deja constancia de que está hecho para las letras y en
ellas se desvive, crea su mundo y en él plasma su creación y
manifiesto...

"¡Para que sigan leyéndome hasta que se me acaben las rimas!"

Y donde declara abierta la fiesta para el romance, la belleza, el amor en su forma más pura y profunda, y a la poesía, máxima expresión de su palabra.

Toda su obra está llena de imágenes donde la sencillez guarda un papel importante. Sin embargo, esa sencillez no quita la majestuosidad de la misma, para muestra basta un ejemplo:

"Rojo perla y verde suelo, azul celeste y luceros, ojos grandes como un pecho, un cielo abierto en destello y un amuleto de cuerpo que me ha hechizado hasta el verbo. Déjenla empezar a mirarme y verán que no les miento, déjeme amarla y no hablen hasta que no toquemos el cielo; y véannos sudar en el sexto y en el séptimo con mareos, cada vez que nos besemos..."

¡Qué pasión tan infinita la de ese rojo y azul celeste! Ambos son verbos y ambos son cuerpos que enaltecen. La imagen derrama ese amor hasta los cielos. Y el verso es un goce de infinito vuelo.

Demos paso, entonces, a ese mar de imágenes que nos regala Tony. Enhorabuena, poeta, la palabra se enaltece.

Salvador Pliego,
Poeta.
[México, primavera del 2011]

- Al alba siempre comienza el ayer con la mañana; y al alba el mañana es gracia que vendrá si el día acaba...

¡Al alba...! (Al alba Pág. 21)

A ella yo la llamé musa (II)

- A ella la llaman la rosa que en primaveras dichosas se encuentra un ramo de aromas…

- A ella la llaman pistola, bala perdida y derrotas. A ella la llaman mí historia y quiero describirla toda viendo la suya en mis predios y amándonos como en días nuevos, por los cielos de sus formas que a mí me tornan los vientos...

Y ahora me lleno de celos al pensar que alguien la toca. Y ahora mi boca le implora que le devuelva los besos que le mandé en un velero, que al horizonte le dieron a la imagen de un boca a boca,   porque yo sé que la vieron rendida en un mar de juegos; y la llamaron pelota y ópticas sin espejuelos…

Porque se ha ido corriendo a comérselos del lado bueno y a mí me ha dejado un hueco con puntos de sutura gélidos. Maldita boca dichosa que me ha embrujado las notas y ni el sol calienta ahora, la angustia de mis tontos dedos…

- ¡A ella la llaman la bruja en su escoba de lechuza!

- A ella la llaman la duna desnuda por el desierto. A ella yo la llamé musa y ahora se esconde en un cuento; y encendida en la avenida a ella la llaman farola que en su ciudad me aprisiona, porque le gustan mis versos.

- A ella yo la llamé musa y ahora se esconde en mis cuentos; y se desvive leyéndolos y a mí me contenta hacérselos. Porque me inspiro en su cuerpo, en sus labios, en sus senos y en sus desnudos de lejos el espejo frente a sus pechos; y sus cabellos sobre ellos, sus largos cabellos célicos...

- Ahora yo la llamo musa y me responde un te quiero; y en estos versos la veo y entre mis dedos la enredo, para que puedan leerlos.

Al alba.

- Al alba siempre comienza el ayer con la mañana; y al alba el mañana es gracia que vendrá si el día acaba...

– ¡Al alba...!

- Al alba las aves cantan llenas de rocío las alas, al alba el sol se levanta de su eterna oscuridad quemada. Al alba el campo de caña se ve verde azul melaza; y el cafetal siente sus zanjas, llenas de aromas mundanas.

- Al alba la flor de palma se hace trenzas de hojas largas, al alba suenan campanas por las plazas de comarcas, al alba el rio resbala sobre unas piedras que bailan empujadas; y duermen las almas cansadas y las vagas se descansan...

Las que en el crepúsculo han vagado atormentadas; y las que en noches de magia, no han descansado sus espaldas ya cansadas.

– ¡Al alba la vida cambia al apreciarla!

Y las tórtolas murmuran con zureos en los lagos; y en los pantanos croan las ranas y los sapos, los ruiseñores dejan encantado al árbol y un gorrión en la ventanas hace su estrago.

– Al alba del día que hablo, las letras cuentan los años...

- Al alba la madrugada se pone vieja pensando si los amantes besándose dejaron mojadas las sabanas. Al alba el amor que estalla se entiende en toda la casa, trae el desayuno a la cama, se da besos y al trabajo.

- Al alba cuando nos miramos tenemos feas las caras; y luego cuando el día levanta con certeza las cambiamos. Por otras caras más sanas u otras mascaras de santos, por el calor de lo usado y la tristeza de nuestros llantos.

- Al alba, si sigo hablando, estaremos aun aquí sentados; y escuchando versos largos, no podremos acostarnos tan temprano.

Almas góticas

La casa oscura y en silencio se levantó enrarecida, no hay sonrisas que describan los buenos días que no llegan; y la imagen de una maja fría, fuma un cigarro en su lecho. Y grita al parecer perdida, donde estará la alegría, que en la sala no la encuentro. Donde escondidos los besos callan su melancolía; y se desviven desechos... - Por esta casa vacía, que al levantarse delira.

Se escucha un silbido ciego que llega desde la cocina. Una gota de agua hirviente se escapa de una tubería, cae sobre un plato y se pierde por un hueco que la espera. Y deja mojada la brecha, como una lagrima extinta al final de una lloradera. Y se ve pasar una estrella, que se ha enfadado y se cuelga de una mañana terrífica.

Me llega un humo en sorderas que huele a tabaco frio. Me siento a escribir un poema que me cambie el pensamiento. Caliento mis dedos tétricos y artríticos como palos tiesos, pues hoy me siento adolorido porque al final no he dormido. Parezco un gótico alérgico, vestido para porfías y empecinado en ser negro; que humor tan fiero me arrima en estos días...

- ¡Qué burdo teatro les cuento, parezco un muerto con vida!

Y veo retratos de un niño con su sonrisa tan linda, que dulce tez, que sencillo se ve el destino justo cuando el juego comienza; y cuanto alivio siento al verlo si a su ternura me apego. Viste en rojo en las tres fotos, como un milagro venido para alumbrarme el camino; pues me recuerda a mí mismo pintando un sueño despierto.

Sigo escribiendo y me desenredo el bejuco, me boto el negro difunto y me pinto de un azul luto que aunque no quiera es más bello. Qué carta es esta que encuentro en el baúl de los recuerdo, que tiempos buenos aquello en que escribía versos húmedos. De ardor y espera, de pasión y tragos brujos; y de amor profundo a ciegas escampando tras un diluvio.

Qué cuerpo en cabeza hueca, que piso seco y sin brillo. Qué madero en chimenea el que he dejado prendido cuando he encendido el bombillo para alumbrarme el destino. Qué sensación de delirio la que la luz da a la puerta, la ventana que ahora he abierto me trae al buen sol encendido; y me hace olvidar lo dicho…

Se va el pretérito arrítmico a silbar por otros sitios, lejos de mí y de mis oídos. Pongo música y la escucho en mi Sabina sintético, la Magdalena, qué pena; terca melodía sin rumbos que da pasos por la tierra. Ya los dedos no me penan y me encandila este verso; ya no me molesta el humo, ni ardo como madero seco…

Ya nadie llora en lo oscuro y ahora mudo escribo un poema sobre páginas blancas que edulcoro. Y me quedo en un presente iluso, esperando a ver la casa llena y sin su silencio que aterra. Plena de sueños, con pulso, de almas alegres y embrujos lúdicos. De amor profundo como aún no he visto otro; y en rojo puro, como el niño de la foto.

- Sin la Maja y sin las almas góticas que sacralizan sus humos.

El Pincelista.

- Nadie es profeta en la tierra y dudo que en el cielo alguien lo sea, nadie sabe cuando llega la tormenta, ni cuándo se irá al fin la espera. Los lamentos dan sordera, la ceguera crea torpezas abruptas como la inconsciencia; y si alguien mudo se queda, luego no podrá decir que reza.

– ¡Solo lo hará en su cabeza y lo escribirá si lo dejan; si lo dejan y se esmera! Nadie describe con letras lo que no aprendió en la escuela. ¡Y nadie pinta sin ojeras, pues quien no tiene diseca! - Nadie pincela la huella de la realidad discreta que en el anonimato se queda. Nadie sabe hasta dónde llega el infinito sin problemas que nos aleja de los confines de la tierra. Y nadie ha podido sin cabeza portar una corona en hierba, que le adjudique la presidencia eterna de la selva de las primaveras nuevas. – ¡Nadie es profeta en la tierra!

- Nadie adivina si no se esmera. Como un barco en las mareas se dibujan las caderas de una bella Dama terca, lleva una falda en tres piezas y un velo negro que frena, porque por dentro está muerta y por fuera sus cenizas tientan; a pensar que algún día fue Reina. En la vida solo vale la entrega a cuenta propia y ajena.

En cuenta propia se almacena; y en cuenta ajena cuando queda se regala a manos llenas. Las pinceladas obligadas apenas sirven a pagar la renta; lo razonable es botarlas y esparcirlas como arena para que no nublen nuestra inteligencia.

Las pinceladas derramadas casi siempre manchas dejan, filosóficas y abstractas, metafóricas y tiernas. Amistosas, sin querellas, o llenas de ellas las cejas. En rojo azul esperanza y en pensamientos sin niebla por mañanas que no aquejan encendidas con luciérnagas.

- O en horizontes sin gracia empecinado en arriar velas entre escualos y ballenas; y ve que una bandera ondea y entiende que un velero llega a rescatar los que quedan. Y dudo mucho que en el cielo alguien los viera. Lo dudo porque ni el marinero sospecha lo que al mal en olas deja; cuando en los vientos se orienta, porque su brújula solo le predice ardua impaciencia y noches negras.

– ¡Qué pena onda si fuera esta la última frase que les dijera! Qué metamorfosis tan cruenta la que en el desamor nos preña, que olvido el que humedece la leña con lágrimas enfermas sueltas. Qué verde se ve la pradera cuando la primavera llega y nos anuncia días de fiesta. ¡Nadie es profeta en la tierra; y lo sé porque soy poeta! ¿De qué les hablo; si lo supieran?

- Y qué resurrección quimérica la de un Ave Fénix que vuela por un firmamento de estrellas puestas. Ya nadie esperaba esta escena porque ni siquiera los profetas aciertan a predecir lo que un poeta se inventa; ya que nadie sabe como la pincelada queda, hasta que la pintura no seca.

Cómo un Hada del Oriente

Anoche me vino un sueño que me realicé durmiendo, llamé a la mujer que quiero por el nombre que la honra y que repito en silencio cuando en noches no la veo. Cuando lloro porque anda lejos por otros lados del tiempo, por coordenadas que extraño cuando pienso en verde intenso y entre esperanzas me baño.

Para que entendiera mis ruegos me la traje hasta el presente con pensamientos viajeros; y comandé un golpe de estado en sus instancias más fuertes. Y a las más débiles y estériles les escribí cuentos y les pinté senderos que me llevaran hasta su cuerpo, por pasarelas de cielo reservadas para nuestro encuentro...

- Y luego me perdí con ella en un sueño, que ahora les describo en versos:

La vi, de pecho ardiendo, sobre un tapiz andariego y entre vapores bulléndose. Y excitada por un humo la he descubierto distinta enamorada y sin miedos. Y la deduje indulgente imprecisa y con motivos. Y hoy la describo desnuda y ecléctica como la he visto, con su cuerpo de modelo vuelto espejo que refleja besos.

- Y cómo musa divina que en sus aires se hace lazos, la vi la mirada perdida entre los fuegos de mi verbo, convertida en universo eterno y en locura a piel de nervios que en flor su amor me florece. Que en sus aguas claras me vierte diciéndome que me quiere; y yo me duermo en su pecho, fundido entre sus tiernos senos.

- Y cómo rima que inspira y en palabras se hace cuentos, la vi la mirada perdida entre los ruegos del cielo. Y vi su alma sonriente embelesada en el silencio de su espectro más quimérico, como botón al poniente que duerme con sus sentimientos en un universo naciente de un lucero; y se despierta en presente floreciendo, con sus pétalos abiertos...

Sobre un tapis rojo tinto la vi ondular con mis dedos, loca hechizada y ardiendo; y yo en sus labios perdido me vi al alba sonriente. Embelesado en el silencio de su ego adormecido. Y como Hada del Oriente me hiso volar por sus adentros, susurrando un yo te quiero y nunca voy a perderte, porque mi amor vuela tan lejos como un sueño.

- Y cómo musa divina que a sus aires pinta un lienzo, la vi la fuente vertida e inspirada por mis juegos. Y vi su alma indulgente embelesada en el silencio de su espectro fotogénico, como rosa del poniente que duerme con sus sentimientos en canteros de Milsueños; y se despierta en presente, floreciente, con sus pétalos que hierven.

A su belleza de ensueño

He llegado hasta aquí andando para buscarla, me he hasta perdido al venir y la he encontrado al mirarme; y me he quedado con ella en un cuarto vacío y místico, a media luz y solitos. Sentados sobre una silla y esculpiendo la mañana frente a un rio. Y se ha quedado conmigo y me ha llevado a su nido de amor ebrios.

- Y le volví a inventar ritos y la amé como ama un niño que busca un instante lindo para extasiar su muñeco. Y la desvestí sonriendo y la besé por el cuello quitándole su amuleto y poniéndolo junto al fuego; dándole besos y besos al calor de un leño entero, que se quemó dentro de un hueco lleno de espíritus negros.

Para que se estremeciera lentamente sintiéndome como llegaba hasta el fondo de sus adentros. Hasta el final de sus senderos polvorientos, a descansar sin lamentos en el monte de su Venus. Que me acogió sin decir pero, soltando amor por los vellos y cabellos por los dedos. Pues ella me abrió su pecho cuando le dije te quiero y recorreré tus huesos buscando un tesoro en ellos. Y entendí un mi amor te ruego salir de sus labios corriendo como un rezo aventurero florecido en Marpacifico; y la oí gemir bajito y susurrar te deseo.

- E ir a encenderse en sus cielos buscando amor en el séptimo, como un lucero analgésico que quita dolores viejos que nos surcan el cerebro. Se ha preguntado qué he dicho y ha

repetido lo mismo que me decía en pleno vuelo por mis ensueños poéticos:

Yo te quiero en mis delirios y con tus besos me envicio; y te
respondo aquí mismo porque te amo sin peros. Y me que-
daré en tus sueños como la estrella que te inspira girando
por tu universo, pues te anhelo como niña que pide un juguete nuevo; - me repitió sin misterios y al oído, ya amaneciendo.

- Y si me bordo de cuero es porque me gusta el juego y quiero encenderte el cerebro con la luz de mis pensamientos. - Y
me he quedado en sus sueños y la he dejado en los míos como colgada del techo; y le he vuelto a decir te quiero y me
respondió lo mismo caballero. - Y le he dedicado estos versos
llenos de amor y delirios como su vestido negro; largo, abierto y a mi estilo mujeriego...

- Y se ha quedado conmigo y me ha besado gimiendo como
quiso, por su cuerpo envuelto en fuegos... - Y ahora me llama mí niño y yo la sigo al espejo. Mi musa, mi luz, mis trinos
y el título de este cuento que he terminado dormido, pensando en ella y sonriendo a sus designios y ritos. A sus belleza de ensueño y a sus desnudos de infierno fotogénicos y en
hilo; parada frente al espejo y ondulando en un delirio que
recuerdo haber vivido.

- Cuerpo a cuerpo y junto al fuego amaneciendo, los dos solitos, en un boceto frente al rio de mi pueblo.

Anoche soñé con versos.

- Anoche vi un universo en sueños que me llovían; y anduve volando en silencio por once años de esquinas, por ciudades y otros predios que otrora no conocía. Y me di un salto al desierto desde Jerusalén hasta Libia; y en Paris escribí rimas y en Cancún me di un concierto…

- Anoche soñé con aquellos tiempos en que en Trinidad vivía, y recordé cuando en la calle me dijeron: Esta noche pondrán mirillas y te dispararán para adentro, a la inversa de una mina. Como a un perro prisionero, porque mi dueño quería. - Yo no quería; y esos de anoche, ya no son más que recuerdos que hoy recuento.

– Pues anoche soñé con ellos y no tuve pesadillas.

Y me vi cantando un padre vuelto a mi casa de la otra orilla. Si hay quienes creen yo no creo, pues el látigo da unas cosquillas que nos mantienen despiertos, al igual que las mentiras y los malos genios. Y hoy me levanté en otro lecho mirando como las estrellas dormían, bendecidas por espectros que en silencio aparecían.

Cantando rimas muy lindas a un Sol que quemaba el techo, hoy mi mundo se dio un vuelco y saltó volando a la orilla de aquella isla, desde donde me fui corriendo hace ya miles días. Contando mañanas se grita viva, se va viviendo y se llega lejos, se arriba en tiempo y se arriman rimas de poesías liricas.

De aquella última noche aún me acuerdo, esperando a que llegue el día en que en la Habana se apacigüe el tiempo y en Paris se sienta el olor a cuerpos libres, que de sus seres destila. Para que cambien los vientos del destierro y floreciente mi pasión vuele infinita, hasta mi orilla; para que mi dicha viva enaltecida...

- Anoche yo tuve un sueño bueno y grande como las altas cimas a las que aspiran mis versos. Anoche sentí en silencio que la felicidad convenía, que la libertad era derecho y que ser hombre valía en punto final y al comienzo. Al igual que el principio ajeno que comprendo que, comienza, donde se termina el nuestro.

- Anoche cené con vinos, soñé contigo y me bebí en mil tragos nuestros secretos más tiernos. Anoche te comí a versos y me quisiste con misterios nuevos. Y me enredé entre tus cabellos sueltos y a pecho abierto, te dilaté tus adentros de isla en celos. Y a suelo en fuegos, el cielo se abrió en mí techo; y hundí al destierro en sus tormentos.

– Y ardió en destellos el hombre nuevo que hoy llevo dentro.

- Y hoy me levanté contento y con once años de vida más, a ciencia cierta la misma; la mía, que sueña con la felicidad. La que hoy tengo y la única que me dieron mis viejos. La que me lleva viviendo al día a día de este viaje por mi tiempo, al cual un viento nuevo hoy le arriba.

- Viejas rimas y campanadas riman con desconsuelo. Que aquí sentado contando, sobre un frio techo y observando mis cielos, desde los Pirineos, les lego en versos...

Yo te seguiré escribiendo Cuba mía, pues describiéndote soy semilla. Para que sigan leyéndome hasta que se agote la tinta que me inspira rimas. Diciéndote lo que pienso y viviendo la desdicha de esta lejanía.

– Anoche soñé con versos; y hoy me levanté aquí arriba, envuelto en tinta.

Óleo al Alba.

Me he puesto a pintar el Alba con pinceladas bien largas desde la ventana de mi casa, mirando desde mi almohada entrar una luz sin ansias y alumbrándola. Mi prado verde esperanzas roseado por dos cascadas que caen sobre piedras altas, el lago bravo añoranzas lleno de peces que danzan con sus escamas erizadas; y la luna que se escapa por un pasadizo estrellada, para meterse en su cama...

- Después de una madrugada larga haciendo el amor sudada; con cada astro que merodeó por la vía láctea...

El cielo azul de mañana con su sol vivo que estalla en amarillo naranja. Y mi jardín de manzanas con sus pepitas plateadas y sus corolas doradas, que ahora pinto sin mirarlas, porque en verdad no me hacen falta; pues mi riqueza está en quienes me aman. Las ilusiones no acaban si las batallas se igualan y las derrotas no alcanzan a las victorias logradas; mi riqueza está en lucharlas...

– ¡Y es por eso que no pierdo tantas!

Y los Milsueños de mi alma con sus pétalos rojo nervios corolados azul gracia, ahora los pongo en el florero que me regaló mi abuelo; los he diseñado con calma desde la temporada pasada. Y ya los veo crecer por la guardarraya y por el camino de marras que lleva hasta mi nueva casa. Un bohío en la distancia al borde de un rio que calla, porque sus aguas descansan estancadas.

- Y hasta las ranas se empantanan para escuchar las tonadas que los sinzontes me cantan con sus arpas encantadas...

- Estoy pintando las curvas de dos montañas hermanas, al fondo de una pradera mágica.

 Con sus colinas en magma llenas de hierbas que embriagan, café fuerte y muchas bacas que den leche sin metralla. Una familia sagrada y mil amigos que cazan con escopetas sin balas. Y un ramo de rosas blancas que me ha traído mi amada, acompañando las cartas que mis lectores me mandan. Y les juro que mi pincel no cambia la realidad de esta estampa, pues al alba la voz calla revelada.

- Y siempre tilda a quien intentó acallarle sus palabras, las buenas, las malogradas y también las acidas; de menos que nada.

 Y en dedos tinta se escapa y dejan letras con ganas; y al leerlas viven tantas que no podrían ser contadas. Las nuevas rimas se hilvanan en la homogeneidad de la masa, haciendo una prosa compacta que nos trae besos de salvia después de una madrugada orgásmica. Y cada verso tiene alas que revuelan la mañana; y en cada sueño hay naranjas que vitaminan la gracia al mencionarla.

Y jugo de caña brava y albahacas blancas, girasoles y añoranzas deseadas, de volver a ver mi alma con los colores que
traiga. Mi riqueza es esperarla, para luego gozar la mañana
dejando en versos estampas como en un Oleo pintadas, al
alba, después de una madrugada mágica.

El espectro de la Venus.

Me anda rondando las venas una imagen de ultratumba, es como un hada bohemia que en noches se convierte en hembra al ver la luna difusa y en fases que se alumbran mudas.

- Y yo ilumino al profeta que ve las cosas que tienta, que piensa en ella y la apresa como a una rosa que tiembla. Cuales mareas de prosas que se abren desde la Aurora y al Crepúsculo aún se recuerdan de aquella madrugada loca, ebria de amor y de juergas.

– Ella no es difunta ni viuda, no lleva luto ni culpas, ni penas ni injustas dudas, ni llantos por cruentos celos. Ni tormentas en las dunas, ni arenas movedizas por los desiertos. Ni dolor, ni odio, ni sombras; ni cuentos viejos y feos.

– Ella se aparece en musa para endulzarme los dedos; y ellos le dedican versos sensuales como besos buenos. Locos mojados en tinta con lapislázuli y vidrio. Y un diamante azul delirio porta el collar en su cuello, traído desde los Andes por una lechuza rubia con alas de mariposa, que se desnuda sobre el alero.

- Y así yo la inmortalizo, con su amuleto de cuerno tallado en el Monte Negro, e iluminada al espejo reflejando sus adentros entre espejismos y vientos. Y ella me muestra el espectro de su cara linda y de sus pechos; y el misterio de sus dulces ojos fieros.

- Sus largos cabellos de fuego y sus bellos labios de infierno.

- Y un torbellino de ejemplos la describen sonriendo hasta que se pierde en mi lecho. Y yo la amo durmiendo; y entre sus sueños le gasto hasta el tintero. Es bella como una modelo que aloca cabezas cuerdas; y hace olvidar los lamentos causados por las tristezas. Ella es un punto andariego al borde de un camino abierto que la lleva hasta mi Olimpo en pensamientos eclécticos; donde su estrella se pega, como bombillo en el techo.

– Un Bolero en las tinieblas para cantarle me deja.

Una barca que se aleja surcando mares de venas con olas sangrando colores. Y en la penumbra, de juerga, tocando melodías nostálgicas, con sus caderas de fiesta que en el aire bambolean. Una ensenada de estrellas y un silencio en las praderas, anda alboreando bellezas y vestida como reina; y lleva coronada la cabeza como una cerveza fresca. Tomada en tardes que esperan, más primaveras sedientas…

Me viene un susurro a ciegas mandado de otro universo; y florecen canteros nuevos plantados de hierbabuena. Y en incienso se da baños mientras yo la describo en versos sinceros y azucarados. Y entre cantos de sirenas se me embelesa durmiendo y me da amor del que quiero. Y veo a la Venus desnuda tocando un arpa en el cielo; y en Sol mayor me da quieros que me erizan todo el pecho con sus besos aguaceros.

- Y en Mi rasgado en dos tempos, por las tinieblas tocados, ella se entrega a mis dedos tiernos y azucarados. Y me llueve tras conciertos y entre sus sueños le canto, enamorados y amándonos y entonados como bardos.

- La veo encendida en mis dedos como mariposa torpe aturdida en mis destellos. Perdida por el séptimo cielo y haciéndome el amor sonriendo, como la Venus de un cuento viejo.

La Venus hechizada frente al Espejo. (I)

Su belleza tiene un ego todo pintado de ojuelos ciegos, que divagan por su limbo sin espejuelos. Y se expande en un esqueleto suculento todo incurvado y excéntrico a la imagen de su cuerpo homérico, loco ornado de momentos tiernos que por sus vellos andan sueltos; sudando nata de juegos de los que dan mareo...

Anda suturada en cuero mostrando sus hermosos huesos cárnicos; y dándose en notas y ruego baila al compás de estos versos. Me pide en voz de sonetos que le caliente su pecho y le ilumine el pensamiento con mis dedos. Y me llama con genio, gritando fuego, cada vez que ve que llego a sus adentros polvorientos.

- Y me extraña si no estoy en ellos convirtiéndolos en ciertos, para siempre darnos buenos, los momentos que pasemos ebrios.

Tiene en su pecho un espejo que le refracta con celos el interior de su espectro, porque la Ninfa es tormento que muestra sus lados pérfidos a los hombres que la vemos. Como estrella en aguaceros, fundida en prosas de besos que calan sobre versos nuevos...

Qué se hechice sin decirlo y se entone como trino que se eriza bajo un monte sísmico. Qué se contemple en delirios parada frente a su espejo mirándose sus ojos lindos; que me mire con cariño y luego me diga te quiero, cada vez que le dé besos; y que se desviva por ellos pidiéndome los que le tengo todos gélidos y enteros.

- Porta un delfín en el cuello que muestra como amuleto, como templaría extasiada que viene de ganar un duelo. Tiene en los dedos diamantes refinados como el desayuno perfecto; y tiene una espalda de lienzo para guardarla en museos y contemplarla en un templo. Tiene aliento de un resto; y es mi alimento predilecto…

- Y tiene el corazón que quiero presentarle un día a Romeo si Shakespeare lo escribe de nuevo. Le tendré plantados Milsueños que florecerán en mi cantero y tendrá susurros del viento con la voz de cantos nuevos; tendrá año nuevo y febrero. Y tendrá amor y sentimientos necios, como la Julieta del cuento que ahora leo.

– ¡Tendrá junio y todo el tiempo pues la quiero…!

- Y tiene unas caderas de almendro plantado en el monte del séptimo embeleso. Donde la Venus frente al espejo canta hechizada un bolero, ondulando y abstrayéndose como colgada de un sueño; y así título estos versos, para quien desee leérselos.

Su belleza es un engendro epidérmico enviado hasta mis dedos como regalo por mis méritos poéticos. Por los duendes de los firmamentos célicos y de los enredos bohemios y aventureros, a las hadas de los destinos traviesos que habitan en el infinito en enésimo; y que en hembras se convirtieron enamoradas de ellos.

- Y hay que vivir para ver luz y destellos, cuando la Venus aparece frente a mi espejo, condensando en nata y fuegos sus adentros.

Doña Dulzura.

Entre sus labios pulposos envueltos de un ras en finuras que invitan a mil retozos, se esconde un sentir profundo que nos extasía la vida; y un eclecticismo estrellado entre razones distintas. Y si dice es porque piensa, sea verdad o sea mentira.

- Y cuando piensa respira antes de gastar saliva y soltarse en alborotos, que le despierten antojos a sus maneras en oro. En medio de una avenida engalanada de morbo y toda ornada de dulzura, así ve ella la vida; y se pasea en policía sobre mi tinta infinita.

- Su sonrisa tan irónica mira al igual que sus ojos. Y la luz que la ilumina se desatina entre poros que alumbran su cara linda, toda rendida a mi gozo, como una niña de ojos. Tiene enredado al demonio entre sus cabellos hermosos que al tocar le encaracolo. Y entre quieros le dispongo una merienda al medio día, para que se sienta querida y no diga que la exploto.

Le traeré besos en gelatina de mandarinas y embrujos; y mangos del sur del mundo con bananos alocados. Una cesta de astros brujos y una luna en cataclismo. Un verso, un beso, un deseo; y una mirada hecha en signos para que sepa que la veo mientras cocino.

- Y le traeré hasta músicos con bombos bajos y platillos, tronaré como diluvio y me inspiraré sobre tinta hasta dejarla corrida. Y una corneta divina tocará al viento en sus fibras; y un mar de olas calmadas la atraerá a la orilla de mi isla. Y sobre la arena tirada mirará al sol de rodillas; y al poniente con palmadas tendrá dicha.

- Su fina sombra de loba embulla igual que su boca; y la luz que la ilumina le desatina sus poros por la alcoba. Le alumbran su cara linda en mi memoria, la vuelve rosa de aurora y gloria de leyendas mudas; la vuelve musa de prosas y amapola de rotondas.

Doña Musa le dirían si sus divinidades les muestra, pero no creo que pueda porque yo la llamo mi vida; y solo a mí me encandila con el cetro de su belleza lirica. Ojos bellos le dirían, clorofila y pétalo negro de aromáticos Milsueños, vistos cuando se quita su camisa y de espalda se retira.

Sonrisa abierta de ensueño y dulce de boca, rosa roja sin espinas y oda al alba para necios, versos y lengua que sobre labios dan besos embarrados de saliva; ebria de un gusto que ahora siento.

- Ella es la Ninfa vuelta Diva que cada juego me inspira, como en segundos de un sueño donde me entona unos versos y yo la desvisto en ellos. Por eso yo la llamo con dulzura novia mía y sentimientos serios. Esposa querida y amiga intima.

- Y mi anillo, lo llevará convencida en el anular de su dedo izquierdo; el día en que se decida a serlo y yo se lo pida con rimas.

Una vela para ella...

– Una vela para ella que haga encandilar las estrellas que han puesto al sol a dar vueltas. Una vela para ella, que es la reina de las damas bellas y su elegante presencia reluce por donde quiera.

– Una vela para ella porque alumbrarse desea, con una sonrisa tierna sobre labios miel de abeja. ¡Yo! Yo soy el sol que da vueltas para enseñarle a su hembra la foto de su alma tierna hecha de cera.

- Y así me inspiro en las letras para abrazar las estrellas que encandilen a su Alteza. Que la iluminarán completa y abrirán cielo a su tierra con lluvias de primavera. Yo, yo traeré amor a su cuenca y en ríos la desbordaré de esencias de primavera, de caricias y de perlas de mareas gélidas.

- Y ya la ven: Va vestida de fina seda y lleva perfumadas su hembra, lleva encendida su cuenca y al sol se exhibe frenética. Y él la persigue y desea enamorado de verla iluminada en su cabeza.

– Una vela para ella que le destierre tristezas y doncellas majaderas que me tienen dando vueltas. Una vela para ella que es la reina de las damas bellas y esta ronda la recuerda en cada letra.

– Una vela para ella que le ilumine la dicha cuando mi amor venga a verla. Una vela para ella que le alumbre la sala entera; cuando se escuche en la escena el bolero que ella quiera...

- Que le haga temblar la tierra cuando mis besos le lluevan. Que al horizonte vea fiesta y que en presente sea tierra donde vivamos sin penas; en una duna de esperma caída sobre nuestra mesa.

– Una vela para ella, que la encienda como estrella en un cielo de leyendas, que le recuerden su esencia. Una vela para ella y yo la pago con mis letras; se lo pido por favor envuélvamela.

Amor y amar.

Ya a nadie puedo negar que te quiero, ni en un olvido de esos dejarlo escrito en un verso que haga pensar que no es cierto. Sabes que puedo filmar como muero por un puñado de besos salidos de tus dulces labios bellos.

No puedo jurar lo contrario, como quisieran leerlo aquellos que no nos quieren. No puedo inventarme un carro pero te escribo poemas, no podremos ni aunque quieras si no lo visualizamos; no podremos realizarlo y nos quedaremos recordándonos, alejados.

Pues amor y amar son contrarios cada vez que los separamos, amor y amar son los cascos con los que trota un caballo. Amor y amar, dos y un acto; y el pensamiento es un templo, donde se medita dándolos sin separar los pedazos…

– ¡Amor y amar sin dejarnos!

- Amor y amar sin quejarnos, amor y amar como humanos que al pensar lo vuelven actos. Ya a nadie puedo negar que te amo, ni puedo disimularlo cuando de lejos te llamo. Amor y amar, yo llorando y tu rogando allí; a mi lado, recordándonos.

- ¡Que nunca se acabe este entreacto!

Soñando que nos besamos bañándonos por un lago, desvestidos, desnudados y corriendo por los campos. Mirando como desbordamos y calentándonos mirándonos, a la chimenea que arde a ratos en el desván de nuestros pactos; y brindando, por lo osado…

A ratos acalorados cuando la leña ardía alto. Y otros tantos reposándonos, calmándonos del arrebato, embelesados. Callados aunque sigamos besándonos; y diciéndonos lo que queramos, cuando posemos mimándonos y el sueño despierte errático.

Pues amor y amar son contrarios cada vez que los separamos, amor y amar son los cascos con los que corre un caballo. Amor y amar, dos y un acto; y el pensamiento es un templo donde se medita dándolo y sin juzgarlo, ya que amar solo es de humanos.

- Amor y amar sin dejar que en guiños nos confundamos; y un día dejemos de dárnoslo, ya que solo viéndolo se confirma cada acto.

Recuentos que en versos dejo...

Me he puesto a pensar a verbos olvidados mientras duermo, y a cuentos vistos en sueños cuando me acuesto y no escribo. Al almíbar de tu cuerpo y al reflejo de tus besos que me reservo sin decírtelo sabiendo que los necesito. Y a tu cuerpo de modelo desnudo frente al espejo dando brincos, al ser visto en sus rodeos ya con los frenos perdidos; y bien meloso mi espíritu de aventurero.

- Al horizonte donde hoy llego navegando sin mareos surcando un mar infinito, reconstruyendo un sendero al interior de mis adentros, de mis entrañas de niño malicioso pero bueno. Les cuento que me estoy sintiendo como nunca me habían visto. Atolondrado y alegre como siempre había querido. Así soy yo y no me invento cuando me reitero infinito en cada verso que lego a mi destino, o cuando me vuelvo cinismo al describirme mortífero y con apetito.

Pensando al fin y a mí mismo. Mirando al camino recorrido y descartando tormentos. Recordando los tiempos muertos del destino y destruyendo aquel rito oscurantista y negativo, que algún brujo me inculcó cuando era niño. Y armándome el porvenir que quiero con las ganas de un hombre hecho, que nunca se sentirá viejo aunque me canse de decírselo. Pues vivo lleno de deseos humildes y pequeñitos, recibidos con cariño, porque el mérito envejece al genio del Olimpo de los juegos; imperfectos pero serios.

Como el espíritu del vino tinto, bebido entre dos besos pasajeros en un cáliz amarillo lleno de ensueños vivos y bien lindos, al superlativo de lo bueno nunca hecho. Como los delirios oníricos que aparecen descritos en cualquier libro de cuentos de otros tiempos, que existieron y al vivirlos fueron vistos y al leerlos convencieron con lo hecho; así el sueño que tengo...

- ¡Estoy pensando a mis versos y a la experiencia que hoy lego en mis escritos, algo empíricos pero con fundamento y buen sentido!

- A palabras en concreto que al despertar no recuerdo; y a momentos de otros ruedos, donde perdí más de un juego. A estos mismos que ahora vivo llenos de sentimientos nuevos que han vuelto a calentar mí pecho; a sus cabellos tan negros y a mi pabellón moreno, abierto azul a sus cielos majaderos. Como un velero pajarito que surca el infinito enésimo del limbo, rumbo al Olimpo de los nervios serenos y de los cerebros cuerdos; de amor ya llenos...

Me he puesto a calcular proyectos que como árboles van creciendo sembrados por mi cantero, a los que creo que son ciertos y a los que pienso que puedo. A lo imposible ya hecho y a lo perdido sufriendo y sin dinero. Y a un susurro aventurero que ha llegado con el viento, diciendo adiós a otros pueblos recorridos. A mis senderos deshechos que sigo reconstruyendo; y al todo nuestro en cuerpo ajeno y con derechos, porque al nacer los tenemos.

- Y a este gran amor que hoy siento, que más que estrella es lucero.

- A ti y a mí, a nuestros sueños. A los hijos que tendremos y a la voz que algún día oiremos, si al destino llega un puerto donde hay nidos y senderos que nos regresen al principio del camino; ecléctico y no deprimidos por capricho. ¡A los amigos sinceros; y a los que hoy no recuerdo, porque me rompieron el pecho…!

- Y realizo que estoy lejos de mucha gente que quiero y que espera mi regreso. Me he puesto a pensar a ellos, porque sé bien que son buenos y que respetan mis preceptos y criterios. Presiento que no es un juego, que no estoy viviendo un cuento; no me esperen, que no vuelvo. Digo yo, pues la libertad da ejemplos que van lejos.

Quizás ya haya hecho recuentos pero nunca han sido tan completos ni tan abiertos como este. Quizás ya haya escrito versos colgado de viejos sueños; pero estos son lo primero que lego al amanecer del tiempo nuevo al que me acerco. Visto desde el pretérito con pensamientos positivos, donde no existen tormentos y el dolor ya ha perdido su veneno y maleficio, en el presente que vivo.

Recordando lo que he hecho y pensando a quienes llevo sembrados en los adentros de mi necio aventurero, que hoy ha llegado a su puerto vestido de marinero y ebrio, como lo había prometido al principio de mis cuentos. Lleno de amor y sereno; y ecléctico y preciso como mi verbo poético, que ya leyeron sonriendo.

- Y como susurros viajeros me quedarán en los recuerdos todos los que me hayan visto mientras me abría el sendero, hasta los predios donde hoy vivo un sueño hecho. Y nunca olvidaré a mi hijo ni a mis amigos sinceros; ni a todos los que me quieren y lo han mostrado con gestos.

– No los olvidaré, lo prometo, no tengan miedo de ello. Por eso hago este recuento, para que no queden secretos y que sepan que no vuelvo. Para que lean que lo he dicho y dejado prometido en estos versos: Los llevaré en mis recuerdos, pero al camino que lleva a mi pueblo, no regresaré corriendo aunque arda en fuegos.

Un susurro enamorado...

Siempre he querido decirle al amor lo mucho que lo siento, nunca he podido gritarlo con voz que hable sin sentimientos.

- ¿Cómo podría describir todo lo que en sueños veo? Como he vivido feliz y sin pensar al destino. ¿Y por qué, si sé que el dolor no es bueno siempre me inspira respeto? ¡Veo que me ha abierto el camino para que transite sereno el tiempo que es todo mío!

- Cuánto he podido decir cada vez que lo menciono, cada vez que una musa de duende flecha a Cupido en mi pecho y vuelve el morbo. Cada vez que lo he sentido, cada vez que tengo tiempo; y cada vez que me vuelvo y me encuentro, amándolas como deseo.

Y canto y canto al eterno cada vez que me despierto, al sentimiento más viejo y al más fiero de los tercos. A ese pelegrino ciego que ofrece hasta bajar el cielo, todo estrellado y en versos.

– Al más bohemio y sincero, al místico, al político y al clérigo. A la rosa y al florero, al catorce de febrero y a todos los días buenos que en mi pasado vivieron: En susurros los recuerdo cada vez que pierdo el juego, para no volver a hacerlo; para no morir de nuevo y quedar vivo sin ellos.

- Y canto y toco en conciertos para pensares sin peros; y me estremezco en mi verbo sin acalambrarme el cerebro.

Para limbos sin modelo inventados por mis dedos van dedicados mis cuentos, los imagino cuando me pierdo si el dolor me está mordiendo. Los recito cuando llego y al final lloro y me encierro como un viejo aventurero...

Para que no me vean sufriendo cuando en lágrimas me vierto, para que sepan que no creo, que ando triste y no pidiendo. Que el pasado se ha cerrado y otro libro ya se ha abierto, que lo pasado fue violento; pero el futuro valdrá verlo...

- Pues nada tiene remedio, ni lo eterno. Como los gajos de un árbol seco que se ha caído en el suelo y ahora muerto sirve en leño. De melodías todo lleno también me pinto de pueblo y me llevo de paseo. Y cuando el llanto es veneno, cuando escucho cuchicheos, me echo al mar en mi velero y zarpo a buscar amor serio.

– ¡Y canto y salto si lo encuentro!

Si al horizonte veo negro revuelo el cielo encendido como luz de rayo célico. Y si entre nubes veo besos, les dejo abierto el sendero que llega hasta mis adentros. Me escampo en sus aguaceros, me trueno y los quemo a pecho grande y abierto. ¡La amo y le digo que la quiero! Miro a su cuerpo y lo consiento con mis besos.

- Y en sus destellos la aprendo, me alumbro el techo con ellos y le juro amor del bueno, aunque el final sea en infiernos; y en su mar no encuentre puerto. Aunque se acabe lo serio y regresemos al rodeo; yo busco ardor y la tiento, pues solo el amor lega versos.

- ¿Cómo puedo describir todo lo que en sueños veo, cómo he vivido feliz y sin pensar al destino? Como lo será esta vez aunque el diablo venga a vernos; y aunque le queden misterios a los cuestionamientos hechos. ¡Yo te quiero y te llevo dentro; lo reitero!

La desconocida Alabanza.

Como curvas en línea recta y en multitud condensadas, el cuerpo de esta bella Dama le estiliza con perfección su espalda. Y como arcos que atacan con sensaciones que matan; ella me engancha la mirada y me despierta las esperanzas en esta mañana de aguas.

- E imagínenme recorriéndola por entre sabanas blancas, sudada por las tantas ganas que hoy le florecen excitadas como unas rosas al Alba. Porque cuando la veo en sus cabellos se desata un torbellino de estampas. Y mil ideas dislocadas por la cabeza me pasan; y yo la plasmo tocándola y ya alocada. Alabándole sus entrañas con mis palabras rimadas, brotadas de mi alma sana.

- Y ella con su sonrisa me embriaga y con sus besos me extasía y cual volcán que suelta baba, explota en lavas orgásmicas. Su miel me llena las páginas, unas muy sobrias, otras bailadas; todas románticas.

- Pues ni sus mechas me escapan para describir esta mágica tentación de gracia, cuando ella suelta y despeinada hecha a volar sus alas blancas. Y entre sus piernas veo arañas que por las mías resbalan en su trampa. Y siento que me dispara y no me paro de admirarla, aunque me cambie la mirada y cierre sus ojos; la trágica.

– Y su silueta de Hada me devuelve la musa al alma; por eso quiero llamarla: "- *La desconocida Alabanza*"

Porque quien le admire sin ansias esa figura de espada, hecha de acero y manzanas y tallada de finas esmeraldas. - Se quedará empantanado gravitándola, haciéndole guiños que maten de la noche a la mañana. Y porque cuando ondula parada es todo un ramo de albahacas, que un suave incienso me irradia por la sala.

- Cuando ella estira sus alas de mariposa alocada, posa sus uñas mojadas sobre sus caderas en salsa, perfectas; orgásmica.

- Cuando encantada como amazona galopa por un vendaval de magia inspirada y ya sin falda. Y hechizada en aguas claras de un manantial de añoranzas, ella se ve coronada y yo eyaculo besándola en su trampa. Y soñada como para amarla, ella se vuelca a tocarla dando a boca unas silbadas, que la abrazan sus entrañas; que le relajan las ansias y le sanan su vientre al aspírame la nata.

- Y su belleza me extasía y sus incurvadas rampas me cautivan la palabra. Y con mis dedos que arañan cuando por su piel resbalan, no me limito a tocarla hasta dejarla extraviada y mojada acariciándola.

- Y bocarriba entre ganas y seducida mezclándola, yo hasta prefiero apuntarla y aquí dejarla calcada en esta paginas. ¡Y la embarco en mi mirada, que nunca podrá olvidarla!

Y me retiro sin ganas de este momento de gracias entre alabanzas pintadas; para esta Dama volcánica que me ha calentado la mañana y secado mis frías lágrimas.

- ¡Y ahora ya siento que escampa!

– Por eso quiero llamarla: "- *La desconocida Alabanza*"

Versos líquidos.

Alza tus brazos en lazos y ondúlate hasta los cielos como un rayo en sentido inverso, cuélgate de ellos en versos y déjame ver tu pecho abierto tan ancho como lo puedas. Múdate al mundo de los sueños y déjame a mi despierto por algún lugar secreto, que yo me ocuparé de tu cuerpo; y te haré sentir lo que quieras con mis besos, labio a labio y en silencio.

Deja tu cabeza en un hilo que se conecte a tu limbo, piensa a un castillo divino e imagínate viviéndolo al revés como al derecho. Siente como el viento ahora ha vuelto y te ha calentado el suelo. Como tus cabellos recios los desenredo sereno; y como con mis dedos te despierto, por tus curvas dando brincos. Y dejarme si te lo pido, que volverás sin decírmelo cada vez que sientas líquido.

Sirve una copa de vino que quiero brindar por lo que he dicho. Tomate un sorbo primero y tírala para el techo que provoque un aguacero. Mírala cuando va cayendo si el cristal te muestra el brillo, muerde mis labios, has guiños; y abre tus ojos perdidos para que veas el delirio en aguaceros, loca embriagada de instintos. Y mírame a mí en equilibrio e iluminando el vacío, bebiéndote como prometido.

Cual espíritu de tinto con tu copa entre mis dedos y saciándote con mis vicios; y esparcido por tu cuerpo como este delicioso vino, que me beberé bien lento para vivirte al dedillo. Y ahora preguntas que es esto, con que loco te has metido que te ha vuelto un verso líquido que el papel ya humedecido. Que estilo nuevo de cariño el que te abraza las venas, que calor da sentir fuegos, al lado de la chimenea.

Toma el botón de Milsueños que se ha quedado dormido en el florero del cuento; y sóplalo para revivirlo como si te gustara hacer con labios, sismos, solo con mimos. Cuando te llenas de bríos y alborotas en reflejos que me mantienen despierto, abriéndome tus pétalos ebrios mientras se te cae el vestido. Y me dejas un anillo por los ensueños que has visto bajo un rio ¡Que cerebral te me has vuelto!

Mira que cambian los tiempos, ahora te veo por el suelo mostrándome tus argumentos y pidiendo esclarecerlos. Siente como sopla el viento y se te erizan los vellos, que tus cabellos revuelvo y que me quedo allá adentro. Que te susurro en el cuello justo detrás del oído; y que te digo bien bajito que voy a beberte de nuevo, como una copa de vino.

E imagínate en el jardín de los idilios, llena de pétalos que del Edén te he traído para que vivas floreciendo; y yo aparezco, me arrimo y te doy quieros. Y admite que lo prometido me está saliendo al dedillo y esparciéndose por tu cuerpo, que se te humedece el cerebro. Y dame otro beso líquido, que al mojar nos deje ebrios. E inspírame con tu erotismo y vuela con tus caderas haciendo círculos; y dame otro beso gélido.

- ¡Y no me llames repito, que volveré sin decírtelo!

- Y hazme el amor como en versos debajo de los aguaceros que en tu playa estén cayendo. Te haré una estatua de cera como a la Venus gimiendo desnuda frente al espejo. Y dame beso y besos, de esos que se dan corriendo como colgados del cielo; y ondúlate en sentido inverso como rayo aventurero, después de un orgasmo intenso.

- Y sé las gotas, que desborden mi tintero, en cada gesto en exceso.

Cada vez que te veo.

- Cada vez que te veo falta el tiempo y los besos nos saben resistir, cada vez que te veo aquí en mi pecho, el gesto cobra ganas de vivir; y mi musa pierde el velo entre los versos. Y tú pierdes sin saberlo el arlequín; que quiere dártelo todo y sembrarte de raíz…

- Cada vez que te veo sepo a viejo, a lavanda marchita a trigo seco; y al candil encendido en un domingo de abril. Cada vez que te veo pesco frio y el trino eterno del tiempo sabe a añil. El sol no enciende estrellitas, el cielo es feo; y mi luna de otoño se ve gris.

- Cada vez que te veo hiela el suelo y la tierra se hace fango en mi jardín, los Milsueños se hacen dedos y el Edén de canteros no es viril. Los susurros que te dejo vuelven solos, su regreso vacío huele a fin; pues cuando no te veo el mes sin brillo, parece un año sin fin.

- Cada vez que te veo abro los ojos y recuerdo cuando te perdí.

- Cada que te veo rezo y oro que la vida vuelva a mi existir. Cada vez que te veo me propongo, enamorar un día nuevo imaginado para ti. Cada vez que te veo el reloj roto, le esconde tu rostro bello al porvenir; y yo me pongo celoso y se me atrasan los polos.

- Cada vez que te describo te dicto sueños, te robo. Te acalambro en mis retozos y me pierdo tras de ti por universos de gozo, donde los besos son bobos y melosos. Que llegues pronto con todo y que te sienta venir, toda vestida de oro, loca lujuria y carmín.

Que te desnudes los poros y que te vista de ti. Pues cada vez que te veo vas con otro y no te acuerdas de mí. Pero nunca iras tan lejos como hasta donde en mis versos te llevé. Y te propongo volver para que saborees lo que en otros tiempos fui, quien te llenó deseos e hiso feliz, reviviendo tus adentros antes muertos.

- Y este recuerdo maldito del día en que te perdí, quiero olvidarlo del todo y volver a sonreír. Que sequen pronto mis ojos cuando vean que estés aquí, que están llorando por ti como corazón vertido en lodo; enterrados en el polvo, que trae este viento febril.

Dándote amor bajo un foco y amándote como te describí, clamando un quejido atómico. Y en el aliento de un beso te advierto llena de miel de madero, llena de todo y de mí.

- Y hoy en sorbos bebo tragos como el día en que me partí plegado en celos. Pues cada vez que te veo entre otros brazos comprendo que no te tengo, pues nadie es dueño de tu cuerpo.

La Venus de albahaca.

Aunque me aparezcas a ciegas siempre te he visto sin gafas desvestida y excitada. Y hundida en ti la mirada y pensando a cuanto me faltas, pasa mi alma madrugadas largas. Imaginándote en hembra con tu silueta descalza como flor de primavera; fundida en ti y bien pintada, de rodillas y sin falda…

- Y escritas por tu pentagrama te dejo mis notas altas y mis melodías que empapan. Y a puros dedos te compongo sinfonías clásicas que sentirás al entonarlas sobre tu cuerpo de guitarra. Y en tu erotismo inspirado apuro dedos con tu magia, porque quiero describirte amada.

Aunque parezcas austera sé bien de tus extravagancias, de tus ritos, de tus mañas, de tus desnudos que matan y de tu espalda tatuada con la sombra de una lágrima. Y aunque no sé como sepas, sé que hueles a guayaba y a extracto de leche en salsa; y que concentrada como pasta de palabras, me inspiras versos que matan…

- Y siento en ti la distancia como un adiós que no acaba, porque nunca has vuelto al alba al marco de mi ventana. Para sonreírme acalambrada y hacerme señas macabras, para luego sonsacándome con tus gracias entre mis sabanas. Mostrándome ese sol que baila sobre tu vientre que salta, de bella *Venus de albahaca.*

- Y aunque no sé si me entiendas, extraño tu color de menta y tus verdes senos en plata voluptuosos como glándulas. Tus caderas enredadas e incurvadas a sus anchas, tus manos blancas pintadas con tu abanico de marras; y tus miradas malvadas, con tus desnudos de gata.

- Y aunque aún no sé si lo sepas, yo te espero en mi ventana para invitarte a mi casa. Pido probarte en la sala y besarte sobre almohadas con un velo en la cabeza. Quiero sentirte alocada y condensada como leche en latas; porque aunque el mundo te crea a secas, ya yo te imagino mojada...

 Porque mis dedos empapan si entre caricias se acuestan, porque mi jerga es perfecta para morderse la lengua. Porque tu *Venus de Albahaca* destila un olor que tienta en la bodega; porque si lees a poetas nunca olvidarás mis letras, ya que mi estilo se pega.

- Y aunque no sé a qué me sepas te voy desnudar a sabiendas, para probarte completa al filo de una madrugada ebria; abierta a mi sol con tu alma y vestida de luna llena. Y tú abanico de marras y tu pañuelo de maja me deleitarán la sala, cada vez que un beso parta; y tú ondules alocada como la *Venus de Albahaca*.

No tengo otros pensamientos.

Estás metida en mi piel y no te sales de adentro, no tengo otros pensamientos donde no esté tu reflejo, tus labios rojos infierno y tu pecho grande abierto. Tu tierno rostro de modelo que ahora recuerdo sonriendo, tus manos dulces, tus dedos; tus ojos grandes abiertos y tu voz en el silencio del tintero.

- Y la sensualidad de tu cuerpo con sabor a caramelo desenvuelto, que al probarlo hay que comérselo. No tengo otros pensamientos y tampoco quiero tenerlos porque te tengo a ti en ellos; y eso basta para un verso. Yo solo pienso a tu regreso; a cuando estemos frente a frente y no más lejos.

– ¡No tengo otros pensamientos y me obsedo!

- Y si los tengo confieso que tú estás por todos ellos. Te recuerdo y me recuerdo, te lloro y te llamo en silencio. Te pregunto qué hemos hecho y me pregunto cómo haremos. Me estoy desbordando en pleno como ahora en estos versos; y te digo que te quiero.

- Y que no busco otros besos. Que solo pienso a los nuestros dando vueltas nuestros cuerpos por el suelo.

Te estoy hablando en silencio y llamándote con mis dedos. No tengo otros, lo entiendo, tampoco quiero tenerlos porque te sé en todos ellos. Lo siento, nada es perfecto y solo ahora lo sabemos, sin miedo no reconocemos. De lejos te pienso y te sueño; y me veo por tu cerebro, nostálgico y célico dándote besos viajeros.

- Y espero que no seas recuerdo, ya que como el amor que por ti siento nunca más podrás tenerlo, si no te vuelvo. No creo que lo encuentres ni en congresos, ni en otros brazos secretos. El amor que por ti siento te va de pensamiento entero y de corazón completo; y solo pido tu regreso, en el poemario entero.

– No tengo otros pensamientos que no sean con tus senos reflejados en el espejo de mis adentros. No tengo otros, ni intento ya que tú estás por todos ellos. No pienso a nada ni a nadie, solo a ti por todo el cuento; te repito y lo reitero, te tengo metida dentro.

- ¡Y solo pienso a tu regreso, repitiéndomelo; pues obsedo!

Ya no me queda más nada.

- Nada, me he vuelto una nada sin ganas de esperar el sol alba. Estoy tirado en la oscuridad de una sala donde no encuentro palabras que me alumbren la madrugada. Se me ha apagado la llama y ahora la pasión me falta, no tengo luz ni esperanzas que me lleven a un mañana. Y ando buscando un hueco vacío donde desbordar todo el ardor de mis desgracias, mis lágrimas vanas y sin magia; y hasta estos versos, pues la memoria me falla.

- Me falta el alma y la gracia, me faltas tú y tu mirada, me falta el agua y la savia y me también falta tu cara sobre la almohada. Ya no me estalla la aurora con tus besos por la cama, ya nada huele a metralla como en guerras terminadas dándonos besos que matan, enredados bajos sabanas, oliendo a dulces naranjas ya chupadas.

- Ya no damos más batalla y hasta enemigos no faltan, ya no incitamos nuestras ganas alocando el pentagrama. Ya hasta esta mesa le faltan dos de sus cuatro patas; partida está la naranja y refriada. Y mi silla está ahuecada pues ya no aguanta mi espalda. Y mis prosas ni mentarlas, porque ya no escribo tantas; y algún día terminaré por dejarlas emboscadas entre páginas. Ya nadie llama a mi ventana y torpe en ella veo un aura que cual flor en penas me arrasa como vientos sobre escarcha de frio invierno. Me he ido quedando sin nalgas y ya ni el pantalón se aguanta a mis caderas anémicas, cansada y llena de rabia anda mi mente nostálgica.

Hoy la soledad me acompaña sin necesidad de llamarla y sin que yo le diga pasa, ella se siente en su casa la muy lánguida. Que feo sueño el que acaba con estos versos del alma. Qué tristeza la que a esta hora me embarga, que ya mis dedos no danzan por sobre pentagramas de letras murmuradas pero sabias. Hoy las dejo en mis gavetas y no nadando en la playa como cuando tú por aquí estabas; y te leías contada, una a una en mil palabras...

Que desilusión tan amarga cuando la inspiración me falta y nada en el papel se plasma, cuando las tantas vueltas dadas en una estación se paran a esperar tu tren con ansias. Gasto el tintero en tres páginas y te dedico la cuarta, te describo sin metáforas, sin maquillajes ni falda. Te doy dos besos al alba y luego parto a la caza para ver si mato mi aura. Y dejo mi suerte echada por la ventana esta estampa, pues me falta hasta tu cara para dármela. - Y nada cambia, de amor no fluyen palabras porque las tuyas me faltan. Y mi alma se diluye destrozada en la nostalgia. Nada, ya no me queda más nada y la distancia sabe lagrimas usadas.

- Ya nada llevo en mi java y vago vacío de esperanzas. Ya no gozo más tus cartas, ya hoy no te tengo muchacha. Y sin ti soy crucigrama con palabras rebuscadas. Y tú sin mi eres araña que se pierde atormenta entre su lana. Ya no me queda más nada y mis pensares te extrañan; y si me reitero es porque no me fluyen otras más simpáticas, si tú no estás para dármelas mascadas.

Desdicha.

- Ya yo no estoy, ya no nos vemos; y es por eso que se te escapa el deseo corriendo detrás del sexo. Muriendo sin sentir fuegos que quemen tus labios ternos. Yo no estoy y tú sonríes por despecho; temblando entre tus conceptos, que no entienden tus criterios.

La fuente seca de incendios que entrepiernas te quemaba, hoy muere del miedo esquelético que tu cintura desgasta. Y tu cuerpo es un caso extremo donde se esconde lo expuesto aquel lejano año nuevo, gelatinándo manzanas sobre tu pecho, volcánica.

- Ya yo no estoy y mis dedos no son ejércitos que con misterioso talento desarman tus madrugadas. Ya yo no estoy; y tus cabellos son sucios tramos de inviernos estrujado como sabanas. Y ya no calientan tus días; ni el sol te enjuaga y las brizas te relajan...

– ¡Como en primaveras de cartas enviadas al mañana!

Filosófica y opuesta, desalmada y cascarrabias, no comprendiste mi ruegos, nunca leíste mi pagina. Nunca calmaste mis ruegos, nunca entendí que pasaba. Me escaseaste la esperanza de verte blanquear mi barba. Y cuando te di la espalda y volví a casa...

- ¡Ya no quedaba más nada!

71

- Y hoy la dicha es una espina clavada entre tus pestañas. Si vuelves te doy las gracias y me siento a recuperar de esta batalla, sin esperar tus de nadas, ni tus lagrimas. Tu desdicha es tan humana como duras son mis palabras. Que te partirán el alma cuando yo no esté mañana; si el olvido se adelante al sol del alba.

Desprecio.

Se fue sumiendo en angustias y no podó ni una espina, se le confundió la sonrisa con vicios, guiños y mañas. A nadie le dijo nada, ni pidió ayuda prestada pues al tomarla secaba. Se abrió un hueco en la esperanza y se empeñó en deportarla para un país a distancia; más nunca dijo que amaba, ni lo sintió en sus entrañas.

Nunca supo que pasaba hasta que no volvió a su estancia. La casa sucia apagada lo esperaba sin palabras, se tomó un whisky con nata, caliente y con telarañas. Se puso un par de alpargatas, un delantal y un piyama, un sombrero de campaña y guantes de pura lana; y no pasó un segundo en cama, pues se decidió a pintarla.

A botar lo que estorbaba, la vida en el limbo y las trampas. A retocar la ventana para ver de nuevo el alba despertarlo en las mañanas; a quemar las fotos lágrimas y las viejas cartas que erraban. El teléfono y las faldas que en su escaparate guardaba. Pues ella se marchó un día de aguas, así sin más; y sin que pasara nada.

- Y él se quedó sin palabras esperando por su amada, viendo que los días pasaban y que no regresaba a casa. Y así comenzó sus herranzas, soñando con poder encontrarla y así terminar su caza.

Vagó hacia el Norte del alma por donde niebla la fragancia, se congeló, cayó en trampas, se hirió la vida y la cara. Se fue hacia el Sur a buscarla y solo encontró desconfianza, sus pies rompieron por ansias y se le partió la espalda resolviendo un crucigrama.

Pensó que al Este ella andaba y allá pudo vomitarla cuando escuchó unas campanas. Su vientre se vació de saña y se le cayeron los dientes comiendo piedras y balas; pero no cejó en su batalla…

- Y no los llevo al Oeste porque allí se encontró al Hada que le dijo vuelve a casa, no llores más por tu amada que ella en el cielo descansa. No les cuento que la amaba porque ya saben que erraba por los caminos del alma. Cuando la sinrazón nos habla siempre nos pide escucharla; pero la realidad nunca engaña a la esperanza.

– ¡Quien desprecia no vale nada!

Quien desdeña a quien lo ama no merece ni esta errata. Y su tumba negra apagada siempre terminará olvida en tierra árida, bajo escarcha y en desgracia. Con tres palabras calcadas escritas sin articularlas sobre mármol dormitaba: "Que en paz descanses fulana" - Se leía escrito en su lápida, como le mostró aquel Hada.

- Y así fue que volvió a casa, a botar lo que estorbaba y a cultivar nuevas ganas. A esperar que por su ventana el alba lo despertara con un nuevo amor de entrañas, para levantarse admirándola y amarla con el desayuno sobre la cama. Y así termino esta estampa, sin ganas de continuarla y convencido de saber que acaba.

 Pues quien desprecia no vale nada. Como la amada mundana que empujó a su hombre a buscarla sin decirle por donde andaba. Que se marchó sin decir nada y nunca volvió a su casa porque no le dio la gana. Que murió sola y borracha, confundiendo sus notas falsas con las de un pentagrama que tenía letras calcadas...

 - Y que no era más que una lápida; y sobre la cual rezaba:

 – ¡Descanse en Paz sus andanzas, Doña fulana de Marras!

El milagro en penas... (III)

- Ojala que antes que llueva este amor no queme a secas como un jardín en cenizas. Ojala que hierbas crezcan en el cantero de la esquina donde ahora el agua escasea, ojala su fuente vuelva a desbordar mis mareas como yo espero que venga.

Que tiene el cielo allá arriba que solo veo nubes negras e infinitas… - Ojala si no es mentira que no nos maten las penas antes de que cuelguen hiedras por el balcón y la escalera…

- Ojala se abra en sonrisas por mi ventana ya abierta al horizonte del día, pues extraño sus caderas. Ojala que la suerte venga y se escape por mi vida como Cenicienta en desvelos, ojala que la Caperucita se acuerde que el lobo es serio y venga a comérselo a besos. Rezando como nos recuerdo, mordiéndonos, con besos, besos y besos. Qué su boca sea un cuento de esos que inventan los abuelos cuando los nietos son tiernos y no les roban sus espejuelos para esconderse y no oírlos. Ojala Dios se lo pida y ella lo escuche aunque no lo vea y se me aparezca siéndolo. Cantándome un yo te quiero y diciéndome mi nene bello, aquí está tu musa en celos.

¿Qué tiene el suelo que piso que como musgo resbalo y la cabeza me tiño? Me doy trastazos de un lado, la idolatro y encapricho y nos tiento enamorados. Me vuelvo un niño cuando un juguete ha ganado. Me inflo, lo engordo y la hincho hasta que exploto en sus brazos, bañándola con mi penacho largo, en un orgasmo linfático.

76

¿Qué tiene este suelo raro que se parece al cadalso, por qué han errado mis pasos y el milagro no ha llegado?; ¿-y por qué la extraño tanto cuando no la estoy mimando como en este cuadro? - Ojala y las aceitunas sean más dulces este año, ojala que caigan lluvias antes de que acabe el verano. Ojala que sí es trabajo traiga salario y un carro. Ojala y entienda a su hora la esencia de este relato. Ojala que los Orishas le den salud a tu santo; ojala que tu cintura vuelva a ondularse en mis manos.

- Ojala y buenaventura diga algo; y broten ramo de rosas por el jardín de mis años. Y como milagro pedido aseguro estarla viendo justo al final de estos versos. Que loco el sueño que tengo que me ha perdido en sus huesos y ahora mis versos son tiernos; a ver si termino estos y me la llevo en secreto hasta el jardín de sus cielos. Vean como me reverdece el suelo y como el piso ahora encuentro y voy cayendo.

- Ojala y la suerte venga y se arrime por mi vida como Cenicienta en desvelos, ojala que la Caperucita se acuerde que el lobo es serio y venga a comérselo a besos; con besos de aquellos modelos, de sus modelos de besos. Ojala y Buenaventura diga algo y no haya duelo, ojala que al fin del cuento oiga un bolero...

– ¡Y ojala que sea cierto y ojala que lo bailemos, cuerpo a cuerpo!

Fantasmas.

- Que tierna silueta larga la de la dama de marras, que pluma blanca y que espada la que su espectro me manda. Que alucinación tan mágica la de saber que es humana; y que distancia la de su cara. Que como un sol me alumbra al alba, dejando entrar su piel blanca por mi ventana entreopaca...

- Que dulce cosa tan hembra, que en laberintos de piezas que desordena mis esquemas; y que piernas tan suculentas, esas que abre sin pena para que le vea entre grietas. Que imaginación tan terca la de mi cabeza hueca, que se adentra en ella sin que lo sepa; pero dejándola que me vea cuando le corono su estrella en la arboleda.

 Bajo un firmamento de velas ebrias y describiéndola con letras, como quizás nadie pueda, porque quizás nadie quiso conocerla: Dulce gélida y compleja, como miel de abeja en cera libando a labios su fresa. Y turbulenta cálida e intensa, como un rabo de marea. Que baja, sube y da vueltas y se para en el medio erecta buscando a izquierda y derecha. Gritando para que la sepan viva como una flor de hiedra; que monta un muro que agrieta.

- En tercera dimensión y en sexta; y con sobrio sentido de Reina que no consiente torpezas, ni da cabida a condenas...

- La sensación de una perla debe ser fina y efímera cuando en su concha la encuentran. La de alegrías magnificas por saberse prenda eterna. Y la de dolor pacifica, porque sabe que será exhibida muerta en una oreja. La de la Ninfa es ecléctica porque se sabe vencida y en su vendaval de esperas desea siempre ser bella.

De andar alocada y frenética por su limbo de maneras, de encenderse fotogénica y llenar de alegrías que premian a todo aquel que la vea, cambiando el rumbo a sus temas. Y en puerto abierto a mi arte por donde en velero llega para navegar en mis letras. En velo blanco, indiscreta y soñolienta; sonrojada y abundante.

– ¡Pero sin su mar de penas, ni sus olas de tristeza!

La veo llegar en torrentes y llena de deseos que tientan a ayudarla a bajar velas y a mostrarle el horizonte del lado de su otra vida; la que vivirá entre rimas si con su gracia me inspira el día a día. Si con su estrella ilumina mi firmamento de tinta; y si el espectro de su Diva me entona melodías lindas cada vez que se lo pida…

- Sentados cogiendo aire, los dos, en el banco de la esquina; y no en un estudio donde finja que es bonita, sin gozarse.

Y si ella mi musa se tilda, como luz de estrella viva a la sonrisa de hembra; dile que vuelva, que vuelva. Con sus juegos de niña tímida a la silueta de Ninfa activa, que gira por mi limbo a ciegas vuelta tinta. Diciéndome que es ella misma, mientras me besa y besa; y yo la inmortalizo en letras, para que se sepa en ellas…

- No partida y hecha triza en algún balde; pero alegre y receptiva. En cada prosa que venga y cada noche que quiera de veras sentirse mía, como no puede ni espera hasta que un hombre no tenga metido entre sus piernas lindas. Y donde quiera sea siempre que el amor nos lo exija; y puras ganas nos vengan de darnos amor del que inspira; silueta contra silueta, bocabajo y bocarriba...

– ¡Ella sobre mí frenética; y a la inversa a la manera que le diga!

Como un milagro esperado...

- ¿Quién tuviera un día la suerte de pasearte de la mano?; y de decirte yo te amo sonriendo sobre un barco que navega tus caderas sobre olas que dan saltos, arrebatados amándonos...

Con besos enamorados que salgan de tus labios cantando y vayan a pasearse por tus prados como corazón en torrentes, todo mojado y humeando entre tus brazos en mieles. Aturdido en sobresaltos porque el amor le da tantos, que ya no escampan ni en mayo.

- ¿Quién pudiera he preguntado? ¡Y aunque nadie dé respuesta aún yo me creo el milagro!

– Y lo afirmo realizado como sueños que te traigo y te relato.

- Y te veo caminando desnuda y encendida como un rayo, sonrojado el contrabajo dando notas de soprano. Y al sol te veo desnudándonos y en la luna copulando, ondulando tus caderas con los pétalos abiertos bajo un vendaval de estrellas; y convertida en sirena.

- Y tú; y tú sintiéndote amada y a este retrato soñando. Y como ninfa alocada dándote baños de encanto por tu silueta colmada; de fresa amarillas y de mangos, azul metálico. Apretándome con tus manos y endiablándote pensándonos, atados, coitando sin descanso hasta logarlo.

- Y yo; y yo contando mañanas que me hagan disfrutar el cuadro.

Desnudándote de cuerpo y alma oyéndote rogar despacio; suplicando un yo te amo y extasiada al escucharlo. Como milagro realizado, como la lotería del año. Así prefiero pensarte en estos versos cargados, de más que ganas presagios; de locas letras y encantos.

- Hoy te pregunto sentado frente a pluma y papel blanco, dejando besos rosados por tu cuerpo divagando. Por tus vellos que ahora erizo sin ni siquiera tocarlos. Tú aturdes mi pensamiento, me voy, te vuelvo y regreso y tú vienes a buscarme en cada orgasmo.

- A que te invento el misterio y luego me llevo el secreto y la formula de tus destellos. A que me vuelvo torero y te pico hasta los cuernos. Y en tus orejas me quedo como un susurro viajero que embelesa hasta al tintero; y a dedos te lo dejo seco...

- A que te digo sonriendo que te llevo a un mundo nuevo; y luego te lo traigo entero sin que muevas ni un cabello de su puesto.

- A que me ondulas tu cuerpo al ritmo dulce que tengo; y a que le abro el universo a tu corazón sin senderos. Y en el limbo por mis dedos me consientes el milagro de encontrarnos; y en el suelo y descubriéndolo entre dos besos ves mágico, acalorado y rosado.

- Y persignándote al cielo como la Diosa que quiero para que inspire mis cantos, nos dejas volver a vernos, yendo y viniendo a buscarnos, como un milagro esperado en un retrato; contándonos.

Ser de las sombras.

- Yo soy un ser de las sombras que vaga solo en silencio, sin luto visto de negro y de blanco nunca me visto pues deprimo. Gravito por los precipicios y acantilados de mi limbo, llevo mascara de serio pues casi nunca sonrío, soy colérico y soberbio y nunca he tenido amigos.

– ¡Yo soy un ser de las sombras, lo reitero y lo reafirmo!

 Me acuesto tarde escuchando el ladrido de los perros, me levanto cuando el sol por el este anda dormido, ceno con velas si hay vino, o me ilumino yo mismo como lámpara de bolsillo. En mi casa no hay bombillos y en la chimenea un gran leño, sirve a calmarme del frio a fiebres me condeno.

- Y en el abismo donde cobijo mis huesos casi artríticos, las cucarachas y grillos dan con arañas conciertos en el piso…

 Si me preguntan si creo, respondo en quien y luego digo sin complejos, ni en mí mismo. El amor si ya lo he visto, hace tiempo lo he perdido. Solo he tenido momentos llenos de sentimientos efímeros, como los vientos elíseos, que solo dejan tormentos.

- ¡Pues si no pago por sexo no lo obtengo ni pidiéndolo!

 Tengo colmillos bien finos y largos como los de los Vampiros, mis ojeras como en libros sirven a hojear los caminos, mis orejas los silbidos los captan sin remordimientos, mi corazón los latidos los desdicha a contratiempo; y mis dedos tienen filo de cuchillos.

– Yo soy un ser de las sombras; y me describo al dedillo.

- Yo soy un ser de las sombras cerebral y metafísico, fumo sin pedir permiso y no me importan los riesgos. No soy espía pero apuesto a que comprendo el rejuego, la sociedad no da tiempo para pararse del suelo, a quien precio no le haya puesto a su esqueleto.

Si andan buscando algoritmos nuevos se equivocan de elemento, yo no hago parte de atuendo, ni curo, ni soy santero. Yo vivo a oscuras mi tiempo en lo profundo de un hueco negro. Y para todos ya estoy muerto, pues mis impuestos deprimen los gobiernos.

- Yo soy un pobre fájelo condenado sin remedio a vivir lejos de quienes quise y me quisieron, a lamentarme por peros y a consolarme cediendo. Yo me entiendo, nada espero y no renuevo, ni intento. Y como ser de las sombras, no miento; si envueltos en dudas los dejo al final del cuento.

– ¡Y no me pregunten, pues ni de mi nombre me acuerdo!

- Yo soy un ser de las sombras pues no veo; y todos me gritan ciego pordiosero, feo e imperfecto excremento.

Este mundo de injustos.

Con una barita mágica y una cesta de astros brujos, decidí encantar al mundo en una mañana nostálgica que me anunciaba diluvios con lluvias de desesperanzas; y truenos sin fin de insultos, faltos de gracia y de magia.

– Me lo encontré moribundo y perdido en sus locas ansias por laberinto sin rumbo. Yacía en un suelo difunto tendido sobre un mar bien turbio; lleno de tiburones con olfato que acechaban a los buzos que intentaban explorarlo.

El cielo era un gris callado que nublaba un tiempo inmundo, donde los cirros alcohólicos se emborrachaban en lujos y se traicionaban impúdicos. O puritanos y respetuosos como los de las castas y cultos que nos controlan los tumbos.

- ¡Y nos pierden con sus abusos!

Robando allí y por allá dando discursos para que crean que es justo que el invierno es oportuno. Promesas como las creemos, por eso primaveras no tendremos y veranos ya veremos si a algún día nos llega el turno; y al futuro lo observamos sonriendo al disimulo.

- Aplaudiendo a lo bien hecho hasta murientes, sin complejos que retengan por deberes.

– Me lo encontré maldecido y llorando como un niño. Como un mendigo acostado pidiéndole un rublo al oso que en el pasado pudo dárselo. Pero que ahora quiere comérselo para calentar sus deshielos atmosféricos; - ecológicamente hablando.

– Me lo encontré adolorido entre esas nieves de polvo atómico que hoy no interesan a muchos; y me dijo si me exploto los concluyo. Y mañana no veremos cómo se ahoga el ser mudo en la ceguera de un sordo que pide a gritos un filtro, mientras aborta desnudo vertido en rayos telúricos que rajarán los pasillos; y no acucharemos más vuestros falsos trinos de júbilo, al sentirse maldecidos. - Y se acabará vuestro progreso de obtusos, metafórico e injusto.

– Me lo encontré loco e ilógico desenredando razones. Y en religiones pletórico, rezándole al fin de un siclo que se creía bonito, poniendo a dios en remojos y pudriendo bolos de hilos. Me lo encontré todo roto y resignado en estorbos, en el diván del olvido.

- Y en un viejo desván con morbo, rojo de amores vestido, había vivido de antojos dejando al milagro un churro con gusto estúpido a humo. Haciendo de hambre castillos y desafiando al futuro; me lo encontré sin un quilo, anoréxico y difuso en un cuartucho.

– Me lo encontré soñando que se dormía encendido y con su bombillo ya oscuro. Y que de principios divinos le dedicaban un libro, para que sirviera de ejemplo a la mala vida que hoy vivimos, pues también lo encontré abierto y secando en el desierto sin dinero.

Se quejaba de lo mismo que hacía tiempo habíamos dicho; y se acordaba colérico y nos levantaba torcidos comprendiendo. Y gritaba en un abismo para que los oídos sin vicios pudieran cambiar de sitio; a los humanos rendidos al capricho de comernos.

– Que el hombre es un caso de engendro empedernido, que se va madurando alérgico y que se desvive podrido. Y como fruto del infierno vive dentro de sí mismo; acabando sin medir los daños, pensando solo a sus ritos. Me lo encontré adolorido al angelito.

- Y agarré mi vara mágica y mi cesta de astros brujos y me los guardé en un bolsillo. Y me fui a intentar a otros sitios donde se escucharan los gritos de este mundo moribundo; que se anunció un fin de ciclo, ya al principio de este siglo y de otros muchos.

Para encontrar lo perdido junto a individuos incorruptos que no se crean sesudos. Y que tengan ganas de ver a los suyos viviendo futuros lucidos. Y ya me encontré con algunos que entienden bien del asunto.

- Y dan sus manos con gusto a la reconstrucción de este mundo; para que al fin sea más justo.

Cómo un paisaje quimérico.

- ¿A qué hora el mundo tuyo se sentará a escucharte acompañando guitarras? ¿A qué hora tu elegancia traspasará las murallas de la eminencia mundana? ¿A qué hora en notas altas tocará el sol las campanas?; que esperas doblen con arte, juego y mañas. – ¡Para que las cosas de las cuales hablas, sean tus rosas del mañana! ¿A qué hora tan temprana tú quieres hoy levantarte?; y saber que no has perdido la esperanza…

- ¿A qué hora tu estandarte tendrá un momento de gloria? ¿A qué hora serás prosa y versos nuevos de antes? ¿A qué hora en las memorias se acordarán que cantaste? ¿A qué hora si no hay antes? ¡Ni besos, ni amor, ni notas; para en las memorias quedarte!

- ¿A qué hora tu firmamento se fundirá en un desborde tan lleno como en un concierto? ¿A qué hora un catalejo visualizará que no eres terco?; y que cuando dices te quiero, tocas realidad y sueños. Porque no cejas en tu empeño hasta lograr tus proyectos.

- ¿A qué hora un buen maestro te mencionará en ejemplo de algún sujeto complejo? A esa hora si nos vemos; les traeré versos nuevos y aguaceros de sonetos. A esa hora con mis trinos los besos lloverán gimiendo desde el séptimo; y a esa hora haré de un cuento el libro entero.

– ¡Como torrentes por mis dedos llenos de verde infinito¡

Me presentaré primero y luego legaré lo hecho en un paisaje quimérico, ornado de pétalos ebrios salidos de mis canteros de Milsueños; y luego me iré bien lejos a disfrutar con mi himno: Yo no me cambio por libros, ni me vende con quien yo no firmo.

- A qué hora el pensar empírico me demostrará que el mismo no es peor que el más leído. Yo diré adiós a mis versos cuando no me quede remedio, cuando con la espada en el pecho la vida me anuncie en guiños que si no gano me pierdo; pues si no como no escribo... – Y tenga que ganar dinero sin ellos, lanzándolos al vacío. ¿A qué hora sin tormentos daré de amor lo que tengo? Es ahora y voy a hacerlo aunque perezca en el intento. Es ahora y lo verán hecho aunque me cueste Milsueños y me tenga que separar de ellos. Aunque me cueste estos versos llenos de dudas por dentro...

Cómo en un paisaje quimérico donde al fondo se vea lo bello reflejado en el espejo de un infierno de artificios, como Milcuentos poéticos que en otros tiempos leímos; como me aflige lo vivido, cuando me despierto muriendo. Y como me encanta el silencio cuando a solas escribo versos, cuando adrede los dedico a quienes quieran leerlo. Que hasta ahora van creciendo hasta en número de amigos; porque conocen mi himno:

– ¡Yo no me cambio por libros; ni me vendo cuando no los firmo!

Con susurros por tu cuello...

Al despertar de un día nuevo me vi cubierto de besos, vi entre pinceles reflejos y entre oleos vi tu cuerpo. Y vi un universo de versos dedicados en días ciegos, a esos amores tormentos...

Yo vi la paz en lo añejo dándote baños de méritos. Y de joven te vi en secretos desvivirte entre brazos ajenos atormentada y sufriendo; llorando por unos quieros, por un desierto de ruegos que de entre arenas salieron.

- Y a esos instantes despiertos te diste baños de enredos contando el paso del tiempo. Uno, dos, tres, paro y pienso; y veo un cuarto apagado..., y tendido en el veo tus senos. Fingiendo hacerlo por celos y entre Milsueños corriendo por el edén de mis cuentos.

– ¡Sola conmigo, ahora te veo!

Sonriendo y sonriendo como un amor de días nuevos, andando adentro y saliendo y diciéndome yo te quiero. Así también te veo en versos. Te veo rogando en secreto que este amor nos viva viejo.

Yendo y viniendo en el tiempo por una playa en velero, extasiada al horizonte con un beso, abierta en dos sobre un cerro y a la sombra dulce de un cedro haciéndome el amor de nuevo; cuando vuelvo y te despierto con mis besos.

- Y estallando como espejo en mil pedazos tu cuerpo, en las entrañas de tus cielos con la boca abierta al puerto... Hablo de séptimos y ruego que si montas vayas lejos; y veas que vengo.

- Y en apogeos diversos siento que explota tu pecho y que se te alborota el seño cuando sonrió y te pienso. Leyendo versos bohemios, gimiendo a vientre desecho; y sintiendo tú flor abriéndose al deseo, aflojando tus tornillos con mis dedos.

- ¿Te recuerdas de aquel tren en el que atravesamos los sueños subiendo al Monte de Venus? De aquel camino poético lleno de curvas sin frenos, de humos y colores gélidos; y de soles de días de ensueño entre los cerros bendiciéndonos.

Que se paró para vernos al oeste en aquel pueblo donde te esperé años enteros; y tú... tú te soplaste como musa con un beso en dirección de mis vientos. Y me anunciaste un yo vuelvo para te regalarte mis cuerpo y ensalivarte el cerebro con sonetos.

- ¿Te recuerdas de aquel día lleno de azul y de fuegos? De velo blanco venias vestida cuando llegaste a mis versos, como un susurro viajero. Y en seda blanca tejida zarpó mi amor a tu puerto; y tu ninfa ganó el premio al eclecticismo perfecto en una rima.

- Y yo el de la hipersensualidad del ego del artista que con la tinta se inspira; y renueva la palabra en cada línea hasta que la vuelve infinita. Te había anunciado un regreso; ¡y aquí estoy yo! Ya me vuelvo a tus adentros, a tu vientre que hace tiempos no lo veo.

- Susurrándote versos nuevos florecidos en mis canteros de Milsueños, para comenzar a amarte despierto y como anhelo: Y no más en sueños y desde lejos, sin poder gozar tus besos. Sin decirte que te quiero cada noche; con susurros por tu cuello.

La Venus de mi pluma.

- Me encanta tu desnudes y me fascina tu altura, me vuelven loco tus piernas, tus líneas rectas y tus medias curvas. Los dentales en tus caderas y los lazos de tu blusa. Me tienes lleno de dudas y de ocurrencias absurdas, adentro el rojo es locura y afuera la tarde triunfa; y adentro con mis lujurias tú posas junto a la estufa.

– Y nuestro candor retumba, y hasta se queman las brújulas.

- Adentro el Teatro es escena de tus desnudos de Diosa. De ti y de mí en una historia donde dos amantes buscan un desafío de fortuna, de una estampa de la Luna cubierta de un manto rojo en honor a las diabluras. De un Nirvana a mis antojos donde vagan almas brujas moribundas; que te buscan y te buscan con locura.

- Afuera el mundo te ignora y adentro el espejo te refleja ondulando tus calores junto al horno de la chimenea; y quemada en la tranquilidad de una alcoba, que a media luz te venera. Frente a mi frente tu rostro me engalana la verbena, mientras te endulzo con piropos con mis dedos busca fiesta, que hacen respirar el morbo.

- Y mis besos te convierten en vela y te enciendes sobre la mesa. Y tú te ves coronada de Reina y descrita en obra maestra, como una de esas estrellas que rondaban mi planeta en tu presencia. Que cuando en versos te lean comentarán tu

94

leyenda cabalgando con mis letras; cuando los muebles se entiendan allá afuera.

- Y se nos oiga golosos, yo desvivido por tu cuerpo de Hada del séptimo cielo, ornada de ribetes rojos. Con tu vestido cayendo cuando sus lazos revientan cada vez que yo te toco. Me voy a un lago corriendo, regreso al puente y te cuelgo. Bajo las nubes volando y llueven aguacero gélido; y se empantanan tus polos.

Me acalambro, te arrebato, te doy amor y nos damos. Pinto un oasis sagrado y el salón queda mojado como en los filmes eróticos. Me trueno en relámpagos viajeros y te llego hasta el fondo de tus adentros; y revientas de deseos por tus poros cuando lego cada letra en que nos nombro, como dos tortolos bohemios.

Las tardes nunca tienen horas de sobra si intento hacer otras cosas. Cuando contigo estoy a solas mi vida me deviene lógica en una eternidad que toca, viviendo un delirio en rosa que llena de dicha tú me bordas y me dedicas por horas. Dando de amor lo que invocas cuando te miro y me tienes; y entre gemidos te prendes.

– Y te desnudas oronda a la sombra de una ola…

- Para que mi pluma te cuente como la Venus de mis prosas, hecha tinta y vuelta loca, e invocando nuevas glorias por mi alcoba.

El misterio de tu hechizo (II)

- Me has encendido la estrella con tus rituales y prendas. Se me alumbra la cabeza y se me iluminan las letras, me engrandeces las ideas.

Te doy dos palmas perversas y sensuales sobre tus caderas tiernas; y mi aceite cae en torrentes sobre tu piel ya desnuda y ornada de tus maneras. Como una musa viajera que con su espectro me hechiza, haciéndome temblar las piernas con toques por la cabeza.

Una escultura hecha del perlas, una preciosa criatura excéntrica, así eres tu cuando vuelas. Mensajera de su alteza nuestra Diosa la belleza. Fénix, paloma y sirena. Ninfa narcisica y tierna; así eres tu cuando sueñas y en mis mañanas te enredas, para enaltecer mis letras.

- Y de mi árbol brotan uvas que para vinos nos sobran. Son como estruendosas bombas llenas de sol y bien húmedas, que le erizan las espaldas a las fieras más sedientas; y ellas explotan orgásmicas, botando amor de entrepiernas. Me has encendido la estrella con tus rituales y prendas. Se me alumbra la cabeza y se me iluminan las letras, me engrandeces las ideas.

Mensajera de su alteza nuestra Diosa Primavera, un amuleto en madera, una doncella frenética; así eres tu cuando vuelas.

- Musa, paloma y sirena, reina, ninfa y aguafiestas. Dulce, mágica y egocéntrica cuando algún hombre se enreda entre tus piernas esbeltas.

- Luna llena y mil estrellas, y "Un Bolero en las Tinieblas" para almas andariegas; así eres tu si te sueñan. Ninfa narcisica y tierna, así eres tu si me encuentras cuando sueñas con mareas. Y en mis mañanas te enredas enalteciendo mis letras; como un hechizo en las venas que me ha encantado a sabiendas mi entereza.

Imagínenla dando vueltas...

Entre sus labios de diosa la vida sabe a milagros como la hierba del campo, entre su rostro dorados sus ojos viven extasiados en embelesos y encantos. La silueta de su cuerpo es como un jolgorio que canta al amanecer del alba cuando los ruiseñores vuelan.

Cómo roció sobre palmas ella se abre mojada y me refresca la guardarraya aleteando ya borracha. Y cuando la miro se abraza, se inflama, se desborda y palpa. Pues no le faltan palabras y de ella brota encantada una hoja blanca, que cae al piso hecha lagrima.

Me sonríe a carcajadas con sus dientes blancos de hada que por mis historias vaga para amarme. Me da la mano y me hala, me reza escondida y me canta un yo te quiero en mi cama. Me besa y se funde en magma y me calienta la estrada en un combate.

En el jardín de sus años los arboles tienen los gajos llenos de frutos morados y de hojas blancos de impactos. En su cintura se apagan todos los fuegos que hayan esperado al fin del acto; y cuando no me dice más nada, es porque en secretos se habla.

Cuando comienzo a tentarla se le enciende lo que le quedaba apagado; y me ilumina el verano con sus delirios en grande, tinto en sangre, rojo infierno y azul mate. Acalorados y moviéndonos vemos los lados del cielo y sudamos disfrutando el escenario.

- Y mi piel sabe a sus labios y mis dedos a pecados. Y los suyos a melados mágicos por sus bellos años gritando; y nuestros cuerpos son rayos atrapados en un cielo santo. Y ella se tira sobre la hierba a imploras aún más delicias, para aún más correrse en tinta.

En su Edén de grandezas ella no se cree cualquiera, no la llamen que les cuelga. Tiene la silueta de una ninfa célica que se yergue dando vueltas sobre su pedestal de piernas. Que va hasta el cielo y regresa, que se embriaga de materia y luego vuelve y me besa.

- Y entre sus vellos se encierran los momentos más osados que yo haya visto viviéndolos. La lengua, el dedo y sus tacones altos son las armas de su encanto. Y su corazón apurado me pide amor dando saltos, cuando se siente atrasado y desea calarse el paso.

Pues con las jergas más tiernas ella me inspira poema que llenan páginas de letras; y en espectros se ve ella, búsquenla a ver si la encuentran. Búsquenla a ver si la encuentran; o imagínenla dando vueltas por mi universo de esperma, loca, erizada e histérica.

Las piernas de un monumento. (II)

- Yo vi unas piernas viajeras andando un mundo de brutos que no entendían bien sus pasos. Las vi gozando y fumando, llorando y cubriendo ruegos que no valdría revelarlos. Las vi matándose insectos que volaban a su lado. Las vi entre frenos sintéticos que no cuento porque son largos. Las vi una vez desde lejos y hoy sufro porque las extraño.

- Y en la distancia le canto al ritmo de esta prosa en versos, pues mis dedos enamorados aún recuerdan sus encantos. Y hoy devienen los sombreros con conejos que la recuerdan con magia; y veo sus dos piernas corriendo, apuradas para regresar a casa. Para no seguirse exhibiendo lejos y en la distancia.

- Yo vi unas piernas viajeras andando el destino de sus pasos, caminando y caminando y resistiendo hasta el cansancio del pasado. Volando alto y llorando, sobre sus pies quebrantados, que siempre anduvieron descalzos.

- Y ahora yo quiero encontrar a la dama que les cuento, para decirle te quiero derritiéndola en almíbar y endulzándola con mis besos, para echarla a amar en mi tintero.

– ¡Para mimarla y encantarla con la magia de mis dedos!

Para andar siempre a su lado y convertirme en su espectro, para ponerme en sus cielos y extasiarle el firmamento con

100

luceros. Los que alumbran mi universo cuando la meto en mis sueños; y veo sus piernas corriendo, para no perder el tren en que la encuentro.

- Y ella me pida un masaje para relajar sus nervios pendencieros, para viajar gimiendo hasta que se acabe el sueño y vea que llego.

Verso que ensalzan.

La bella rosa dorada que tiene Doña Fulana, brota al cielo mientras canta y abre ojos encantada, al oír sonar una guitarra ella se inspira melodiosa cual guitarra afinada; y toca y canta baladas.

Tiene unos labios piratas que roban besos con ganas temerarias. Ella embriaga las gargantas con sumo de albahacas blancas y tulipanes de áfrica. Tiene unos ojos esmeraldas que a mí me endulzan las alas y no dejo de mirarla, escapada en sus andanzas...

Le escribo versos que ensalzan para que se sienta alagada y me invite a acompañarla en sus baladas mundanas, para que me mire con ganas y me enlace de esperanza en una página orgásmica.

- Para que me invite a besarla desnuda y entre sus sabanas, loca vestida de nada su dulce silueta mágica. Para engancharla del alba toda inundada de aguas; para volverla cascada y ver que salta.

- Para amarnos a nuestras anchas en veranos por las playas, para llenarla de arena y mojarla enjabonada, para gozarnos viviéndonos. Para perderla sin frenos bailando tangos, amada y relajada.

– Voy a ensalzarle con versos, sus entrañas embrujadas.

Mi poesía, nuestra poesía.

El que no escriba poemas nunca llegará a comprender, que los ruiseñores cantan justo antes del amanecer. El que no logre escribir poemas nunca podrá suponer, que un laberinto de voces murmura al amanecer; y que quien las escuche se embriaga de dulzor con su vaivén. Quien nunca escriba poemas no llegará a padecer, del insomnio estimulante que en las noches hace ver. Ni podrá inventar historias que otros le podrán leer. Quien no ame la poesía nunca logrará entender, que las historias de duendes van cargadas de saber.

Todo el que no lea poemas terminará por creer, a las dudas, al asfalto y hasta al valor del papel. Y se acostará en otros cuartos y nunca aceptará perder, aun si otros han ganado lo que antes era de él. Y quien no ame los poetas acabará por temer, por sentirse mal armado. Por sufrir de su impotencia; y por gritar su desdén… Cuando amamos la poesía amamos la vida otra vez; y nos importa bien poco si la muerte vino ayer. Si lo encontró todo roto y se marchó a padecer, al funerario del morbo que murió al atardecer; llorando por culpa de otros, olvidado y sin querer sofoco.

- Es gracias a estas estrofas que riman con mi saber, que las historias me brotan y yo las fundo en papel para regalarlas todas.

La Venus del Poeta.

Celestes como una estrella así son los labios de ella cuando ilumina mis días. Sus cabellos largos de india me hipnotizan la sonrisa y me despiertan con alegrías. Sus ojos grande delicias se extasían cuando me vacila. Y su rostro florece cuando me mira, como en un Edén de días de fiestas donde el candor poliniza...

Rojo trueno y azul delirio, blanco mordido y verdes caprichos, la estoy mirando y a la vez la pinto. Mi alma buena me lo ha dicho, amor profundo bajo un cielo límpido, vale más que vivir en el Olimpo de los ricos. Desnudos, sudoroso y ebrios, los dos solitos dando un paseo por el limbo erizados de contentos por los vicios.

- Me voy y vengo, viene y se mueve y no besamos mordiéndonos. Se escapan labios finos y gruesos, vuelvo a arriar mi velero y la dejo con mareos merodeando por el infinito. La espuma pesa y se alarga el rito, de olas se llena y me sumerge por su anillo. Un cataclismo nos hierve y nos fundimos en deseos de vivirnos...

- Me pego al verbo y la describo en verso mirándola mientras sonríe; y sonrojada me pide que le bese todo el cuerpo. Con unos versos de esos que en matices le recuerden al arcoíris, para coloreada iluminarse en virgen y contarme la ilusión que me predice:

- Cuando nos llegue el momento y nuestros cuerpos se hielen con las nieves de diciembre que al año nuevo preceden...

- Te apretaré contra mi pecho y te susurraré en silencio recuerda cuanto te quise. Si en el pasado quedamos recuerda que me quisiste y que hoy en día nos amamos. Y si el presente lo vivimos inspirados, nos moriremos felices cuando este mundo se acabe; y se extinga lo que existe, en la profundidad de los mares.

Cuando se encienda el futuro y en un lazo andemos juntos, cuando el hechizo que busco me haga escribir versos húmedos. Cuando la Venus de luto vista de blanco a un difunto, cuando el amor sea tributo y ofrenda para tus embrujos. Y entre beso le escapemos a este mundo: - yo serviré el amor tuyo en una cena de lujo.

- Rosa de pétalos nuevos florecida en mi cantero, cuando un susurro viajero llegue a tus oídos tiernos, recuerda cuanto te quiero, vuélvete a mí y vuelta versos; - y escapémonos de nuevo a nuestro universo de ensueños. Dama endiablada del cielo, fuente de luz y deseos; únete a mí en serenatas por el pueblo y mojémonos.

- Dame tu amor que merezco y recuerda que te quiero. Y libra al poeta tú Venus para que la describa en versos y emprenda el rumbo al derecho partiendo del polo opuesto. Y muéstrale tu cuerpo desnudo e ilumínate al calor de un leño en fuego; y dame sumos de orgasmos únicos; y besos llenos de flujos de tus vellos.

No habrá otra si no es ella

- Me he enamorado de un ser divino modelo, de un universo de ejemplos inspirados por mis dedos. De una mujer tiempo completo que se va conmigo al lecho hasta en la distancia de sus sueños; y que me da los encantos de sus senos, de sus labios rojo fuego y de sus largos cabellos negros. De su mirada de ensueños y del perfume de su cuerpo, que me ha endiablado los besos y deseos.

- Me he enamorado y lo siento y ahora lo escribo en directo y les juro que se lo estoy diciendo. Ella lo escucha sonriendo y siento dos besos sinceros que le han salido de adentro. Le escribo un poema nuevo y lo dedico a su imagen con dulces curvas talladas, a la musa de mi pluma, a la hembra de mis cuentos; a ella. Pues no habrá ninguna estrella en las madrugadas que vengan…

 A la misma que se reedita cuando en delirios me pierdo, a esa linda artista mística que me desciende del cielo. A mi piedra de campo y leña que me ha encendido la estufa, a la dulce mariposa que me suspira a la aurora viendo volar las lechuzas. A mis noches de amapolas y torbellinos de plumas, a la oscuridad de la luna y a los días de esta vida en penumbras perdida entre comillas.

- Me he enamorado de ella y que quieren que les diga. Ya no miro a otras doncellas que puedan inspirarme rimas, ahora todas son de ella y ella me pide que siga. Ahora las cosas más serias se convierten en sonrisas; y ahora las historias viejas no son más que las vividas en el transcurso de otras vidas. Y ahora en sus fuegos me quema y vierte en miel mis cenizas; enterrándome en sus venas.

Y no quisiera perderla ni aunque me llevaran las brisas de una primavera cruenta, no habrá más niñas de cera, ni más caracolas ebrias. No lo habrá aunque me lo cuenten sacando espinas partidas de mis rodillas oníricas. No habrá más rosas podridas, ni más jardines en pena, no habrá otra si no es ella y ella será mi bandera; y habrá en el cielo allá arriba una estrella para mi cometa…

- ¡Y no habrá otra si no es ella!

Mujer delirio.

- Tus ojos negros llenos de antojos me tienen loco, los miro y siento que estoy viviendo en otro universo. Tus labios rojos son como pétalos grandes y tiernos, que cuando beso me dejan ebrio y muero por ti.

- Tu rostro bello orna a tu Venus con fino estilo, la Reina Ecléctica, la Diosa Griega, la Hembra Perfecta. Tu cabellera te da presencia; y cuando la sueltas.

– Pierdo cabeza, gano sentidos y soy feliz…; mujer delirio…

Me vuelves loco y soy como un niño que juega limpio. Me precipito, te robo besos, te doy cariño. Salto en tu pecho corazón mío, trueno y te hechizo y vuelvo a tu espejo…

- Susurro en versos suave a tu oído… ¡Que te amo tanto y ya no hay remedio! Mujer delirio porque por ti vago enfermo…

– Mujer delirio, cielo infinito, contigo y vino a sola me inspiro y te pinto en versos. Las rosas rojas, las amapolas y los Milsueños. - ¡Mujer delirio!

Yo en tu cintura soy aventura y miles de hechos, tú en una curva te vuelves alas volando al séptimo, mujer delirio; que tú le has hecho a estos dedos frenéticos…

- ¡Qué solos describen tu cuerpo!

- Cuéntame y dime como lo has hecho, que a todas horas te pienso…

– Mujer delirio…

- Monta en las olas, silba a la Aurora y márcame el tiempo. Y dite que ya es el momento; y vuelve a mí pues te quiero…

– ¡Mi prenda hermosa; mejer delirio, juguete eterno y mareos! Mujer delirio, tus ojos negros, tu labios rojos y tu fino cuerpo; me tienen loco y sin frenos.

- !Porque contigo los pierdo, la voz, los bríos y el pelos!

- Mujer delirio, sueños cumplidos, contigo y vino a solas me inspiro y te pinto en versos; tengo motivos, para quererlo…

– ¡Mujer delirio, ya no hay remedio y me excedo!

La Venus en el Olimpo de sus fuegos.

Al bajarla del Olimpo donde su monte ardía en fuegos, la Venus gritaba alto y en destellos se abrió el cielo, lleno de estrellas durmiendo y de angelitos en celos. Pero de colores hablaremos luego, cuando pueda definir los cientos de aquel arcoíris célico.

- Sobre las luces les contaré primero, pues vi un candil como en versos descritos por dedos bohemios, iluminándole el pecho. Y excitada en sus calores la tiré por sus caderas y alzándola le di palmadas; y me erizó entre sus brazos calentándome con baños.

– Y le pregunté como hizo para soportar los vértigos que sintió mientras me amaba cuando descendía del cielo:

- Y me respondió calmada que ella amaba correr riesgos cuando le penetraba sus sesos con mi andana de estampas mágicas unas muy rudas y otras muy cándidas; - la fiera ruje cuando le abrazan sus entrepiernas mojadas y en hembra goza a sus anchas excitada.

Y una Venus no siente vértigos cuando hasta su Monte bajan para embadurnárselo de semen; pues con el alma acalorada y su corazón de esmeralda ella se da a quien la ama. Yo leo las estampas que cuentas y me siento acaricida por cada página hasta el alba.

- Por eso me empujo a tus dedos sintiéndome como vela de barca; y entre mis piernas te apreso como a un esclavo en mis juegos. Le doy caderas al viento y te mojo como quiero. Te admiro tus ojos negros y en lágrimas vierto luceros; y te beso, te beso y te beso.

- Y no escampan mis aguaceros cuando me fundo en tus besos. Y los fuegos de mi cuerpo me suben dulcemente al cielo, al Olimpo de tus cuentos con su caudal de recuerdos de aquellos años quiméricos; y por eso sé que te quiero en cada verso...

- Y es por eso que no niego que tú eres mi amor eterno, mi paz, mi Don, mis sucesos y mis éxitos. Y quiero seguir viviéndolos como en el delirio perfecto, entre tus dedos. Pues loca vivo en ensueños, aún cuando estamos despiertos comprendiéndolos.

- Yo quiero seguir sintiendo la magia de tus nervios tensos, yo quiero seguir oliendo tu cuerpo desnudo y ebrio. Y quiero que describas esto para que puedan leerlo los románticos más tiernos; pues es amor y no sexo, aunque los confunda el juego...

- Yo quiero ser los secretos de tu elemento poético, para que me enciendas los sueños y verte bajándome del cielo hasta El Olimpo de mis fuegos. Y quiero beber tus destellos y hacerte el amor hasta que mi cuerpo se haga versos; y nos durmamos leyéndolos.

La musa de las muchas hojas...

- ¿No sé si algún día te dije sentados sobre mi diván, que éramos como codornices echando del nido a volar hacia un cielo de matices pintado de verde amar? ¿No sé si algún día te dije que te quería explorar, que hasta el fondo de tu alma mis sueños haría llegar?; para construirle casa, a toda nuestra felicidad...

- ¿No sé si algún día te dije que tú eras muy especial, que eras la voz de mis letras y mis aristas sin pegar? Que tú eras mi maestra, mi jefa y mi formular. Mi razón, mi mano diestra y la izquierda de mi eternidad, mi yo no sé y mi nunca más. Que tú eras tantas en letras que ya te podrían nombrar, la musa de las muchas hojas.

- ¿No sé si algún día te dije que el vocabulario era vulgar y que al leerle sus gerundios se hacia una estrofa singular? ¿No sé si te dije Alteza o Cortesana al llegar, no sé si te dije Reina o ilusión por comenzar? ¿No sé si te dije buenas o me empezaste a besar?; y luego la noche entera, fuimos puros, fumados a bocas llenas...

- ¿No sé si tú al amor juegas y a mí me gusta jugar a darte amor a sabiendas? Alguna vez a tu hembra vi atravesando un cristal; y te llamé cuentas nuevas y estrella de carnaval. Rosa de Francia y fragancia, almohada, alondra y portal. Y locas ganas del alma, que hasta ti me hacen volar y entrar por tu puerta abierta.

Tú eres mi naturaleza, mi luz y mi espacio vital; dices adiós cuando llegas y luego nunca te vas. Tú eres la lágrima en pena que un día yo pude secar después de besar tus venas. Tú eres la sonrisa huérfana de toda maldad y mal; y la jerga suave que abrazan la serenidad del pensar, la mentira, la presencia y la verdad.

- ¿No sé si algún día te dije que si me ponía a contar?; eras tantas cosas juntas que no te podría separar ni en una prosa inconclusa.

Tú eres el reloj que cuenta las horas que hay que esperar para que se abra la escena. La que me ritma el pensar cada vez que un verso llega a la hoja blanca que lo espera. Mis alegrías sin ansias y sin alergias a la felicidad. Tú eres tantas cosas más que al contarte no hay maneras. Mi borrón mi cuenta nueva y mi máximo sin par.

La mariposa que baila y la rosa azul de mar. Un jazz tocado con guitarras; y el Sol en notas total que en lluvia fresca me baña haciéndome un eclipse al alba. Para que salga volar con gracia en la mañana. Si tú fueras aventura yo sería tu actor principal; y si la luna fuera tuya yo la vendría a buscar… Para encendértela toda en un vaso de cristal; para cantarte una nana desnuda por mi portal, llenándote de ganas cárnicas.

Si tú fueras mi memoria nadie te podría olvidar. Y si tú fueras mi gloria tu imagen tendría un altar donde tú serías mi diosa. Y si tú fueras mi historia muchos te querrían contar y hasta vivirte a sus horas. Porque tú eres inmortal y tu belleza me orna y me honra tu deidad.

- Sé que eres esta prosa y serás otras tantas más, sé que eres varias cosas y en ti hojas hay que gastar. Tú eres ellas mismas locas y descritas con felicidad. Tú eres la estufa prendida que me calienta el pensar. Y te verán por todas partes y conmigo vivirás; y me dirás que te lo dije antes y luego lo recordarás...

- ¿No sé si algún día te dije que te querría de verdad?; y que este amor sería grande porque lo haría estirar hasta el infinito del arte.

 Pues responde ahora que sabes y lléname de esa felicidad que tanto te pido en vida. O vive para recordar las tantas cartas ya escritas que lees sobre tu desván de horas pérdidas antes de irte a acostar y olvidarte de las rimas que te inspiran. Antes de a solas llorar por un amor que no llega porque el mío no espera...

- Y aquí sentado, en la distancia de mi escena sobria y hueca, frente a una reja blanca y seca que ornaré con tinta negra: Yo te seguiré dando alas. Prosas, versos y horas; y hojas y hojas y hojas.

Mi prosa en versos.

– Para los restos de rosas existe la prosa en versos de Los Susurros de Cantero. Que a besos buenos de azúcar pintan de labios los dedos. Que pican la espina y las hojas dando vueltas por el suelo y oliendo a aroma de pétalos. Que no secan como marpacificos en un Edén sin remedios, ni hundidos como barcos viejos en las tormentas del limbo donde se humedece el leño entre capricho.

- Que exquisitan sus corolas como ramos de Milsueños, plantados en los huecos negros del traspatio de la luna. Despeinada por los celos de la Diosa de las Góndolas y del sol de los cuatro tiempos con temporadas y ciclos; desnudada en un delirio por un viento para adultos vivos y sinceros que hagan de tabúes sueños.

- Que pinta a la luz un florero con frases descritas en pompas; y que nos refleja la aurora durmiente, divagando por el cielo entre boleros. Abierta al amor de nuevo y frente a su espejo sonriendo; mirando fijo al futuro y en presente convenciendo, a puros dedos. Nostálgicos como los pensamientos dejados en el recuerdo. De aquello pasados bellos, que quedaron en lo eterno de algún antaño de bohemios, que solo vuelve en los sueños como susurros viajeros; pidiendo a gritos momentos para dormirnos viviéndolos.

– Para los restos de rosas existe la prosa en versos de los Susurros de Cantero. Y aquí le dedico una de ellas, cual elegía a mi obra; la de esos besos en góndolas que del fénix traen mis dedos parafraseando sonetos. En esta poesía que orna la pagina de un libro abierto, para quienes quisieron leerlo y luego contar mis cuentos.

– Pues vieron restos de rosas, volar cual pétalos ebrios!

- Y los colores en bomba de los calores de alcoba, también los vieron frenéticos entre adjetivos y verbos; susurrados desde mi cantero por mis dedos poéticos.

Yo solo regalo versos...

Las calles duermen encendidas desde que comenzó la fiesta. Las luces de las avenidas, blancas, azules y rojas, recuerdan perlas marinas y las verdes se hacen olas. Las corolas de las rosas se han horneado y endulzado como pan de gloria en boga; y el se antoja de unas copas acompañado a la Aurora. Desayunando con otra en el jardín de sus pompas; con su escudo, sus pistolas y sus botas.

- Y su tallo cómo nervio dilatado se hace cola, que ondula rauda en silencio detrás de unas piernas bombas; ya no hay espinas de otrora, ahora todo es sentimientos y acierto para convencerlos.

Me he perdido en mi Universo en una noche de rondas, una de esas noches locas en las que me eclipso en versos por un camino que aloca. Donde todo tiene tiempo ya que la espera es devota y las palabras deseos de bien concluirme los sueños. Me he perdido y si me encuentro, saldré con un cuento nuevo de puro estilo poético; como un susurro viajero que surca ecléctico el cielo…

- Al mío mismo preciso, a mi estilo para quien le guste leerlo.

Me fui despierto bien lejos dejando a mis dedos buenos ir delante abriendo fuego, me he embriagado sin saberlo y ahora doy vueltas en el ruedo. Los he enredado sin verlos haciendo círculos con verbos, se me ha extasiado el cerebro componiendo hasta durmiendo; y mi voz es vivo ejemplo, parte integrante y sujeto...

Las ganas no me han faltado de llorar cuando los leo, pues no creo que sean tan buenos, solo que mi mensaje es concreto. No creo que merezca cetros, ni aplausos incomprendidos, pues yo les regalo versos, no dinero. Yo solo regalo versos porque deseo verlos leyendo; y no apenados rugiendo por los rincones, coléricos.

– ¡Y quiero escribir unos versos que le peguen a cualquiera!

Y ando buscando el teorema que encaje con cada ejemplo en que la luz pierda el brillo. Ando sembrando cariño a lo largo del camino para que entonemos himnos que prediquen con lo dicho. Para que nos sintamos niños aunque nos llamen abuelos. Por eso, yo solo regalo versos y nunca pido dinero.

- Justo porque aprendí a ser pobre, pero digno. Y a remarcar que existimos y que también tenemos ombligos fílmicos.

– ¡Yo solo regalo versos y lo hago con cariño, poco importa lo de genio, yo soy un ser sin veneno, que solo exige respeto!

- Y estos mismos que ahora lego no son ni peores ni más buenos que los que escriben quienes leo...

No son ni mejores, ni obsoletos. Ni insipientes ni faltas de signos, ni aromáticos, ni exóticos. Ni están llenos de la euforia y el vacío con que los bríos y el tedio crean los vicios. Yo solo regalo versos para que entiendan con ejemplos como en los libros de texto; y con las melodías de mis sueños, colmo juegos ya cumplidos.

Yo me pierdo en un camino donde lo onírico es bello y lo épico un concepto. Y solo regalo versos llenos de amor y delirios para quienes tientan sus caprichos, convenciendo con estilo. Para atizar vuestras penas al fuego y al calor divino del Olimpo, que haga soñar con leerme, a quienes no duermen conmigo. ¡Agradecido!

- Yo solo regalo versos porque es mejor leer, reitero, que divagar por el tiempo acordándonos castigos, por los caminos perdidos.

– ¡Yo solo regalo versos, pues da placer compartidos!

Radio sueños... (II)

– En radio sueños ajenos no se copia ni se calca, se toma lo mejor del alma de los individuos buenos. Se enseña a mirar al cielo y a visualizar las tramas, a saber que el vicio enjaula y que la libertad se arranca como raíz desde el suelo; porque no somos muñecos...

- Y cuando un árbol se cae se planta otro en el mismo hueco; y se respeta el derecho pues todos tenemos los mismos siendo neutros. No pierdas nunca el catalejo, así me dijo un sujeto en radio genios que tengo cuando me despierto fiero. Yo lo miré adolorido un día decidido de esos en que me defino perdido. Como los sueños no hechos que en radio sueños incompletos siempre vemos incumplidos, cuando no nos decidimos a realizarlos despiertos.

Un despiadado momento te reflejará sus telarañas en la cara, cada vez, cada vez que hagas el cuento y veas que nada te pasa. A buen entendedor sus mañas; yo me despierto siempre a tiempo y doy si tengo. Y un desterrado momento también se vive entre sueños; y se calcula hasta la ausencia si perdemos, como remedio al deseo. Y allí trabajé hace tiempo, tomando la cosa en serio.

- Entre ellos, buscando en libros y leyendo, comprendiendo, escribiendo y convenciendo al desacuerdo de encontrarse con su nada.

120

Corrigiéndome el perfecto para dejarme solo faltas que no sumaran con calma. Haciéndome el bobo en serio para que no creyeran mascara y sin espejuelos, ciego. Dando gracias y de nadas; escribiendo y describiendo mis conceptos, sobrio y serio...

– En radio sueños adversos siempre contamos los retos y los pasamos por agua. Y hacemos pactos con los nervios y con la filo de marras entretenemos el juego, porque el destino no manda. Y encendidas las retoricas nos dan razón si la tenemos, como a cualquier imperfecto que alegue que no sabe nada de convenios.

- Y si no, dice sin miedo que a cada humano sus defectos; y que con corregirlos tenemos pues solo lo vivido es cierto y verdadero.

Y nuestros sesos anticipan como nunca lo que nos cuentan en libros, repasando lo aprendido. Y luego soportamos austeros toda dualidad de términos, malos, buenos, perdidos, eternos. Y anulamos los ejemplos absolutos; y olvidamos a terceros y a políticos.

Como los rastros de ríos secos que pasan por viejos pueblos, dando a los peces senderos por donde saltar al agua y volver al andariego, a los mares azul cielo. Como el capitán de un velero que al horizonte ve lejos, a un Cervantes Galileo divisando tierra en balsa después de un viaje por sus entrañas; la vida siempre da alas.

Justo antes de regresar a la represión del objeto y a la dureza sin fallas que los humanos nos imponemos. A la mierda que se habla en esta sociedad sin frenos que se consume volcánica. Y en radio sueños lleguemos se pinta de nuevo a mi patria gobernada por su pueblo; y ya yo me veo por allí con ellos, sonriendo, e inundándolos de cuentos y encendido como en estos...

Lleno de dichas y sonriendo, describiendo un Hecho Nuevo, comenzando un juego ético vertido en sumo de engendros que durará hasta que nieve; y el sol se apague entre los cerros y la luna se ilumine sin quererlo. En radio cuentos de mi abuelo, la vida se me va en recuerdos, que terminan siendo versos...

– En Radios Sueños con términos, se ve ese infinito de líquido que se nos gasta pudriéndolo. Y un enorme precipicio de acantilados de albas, que nos sacan la imaginación del alma a punta de dedos, cuando no nos despertamos con los besos que queremos; y el amor sufre por sus peros atmosféricos y sus complejos obsoletos.

Cuando me despierto a tiempo escribo versos revueltos y ordeno andar al destino. Y otros, inspirados por mis sueños lindos y el espíritu del vino. Los acuno por mis pensamientos en cajas de juguetes célicos. Y como un autentico bohemio viejo que anda soñando despierto, luego seco mi tintero, recordando los momentos.

- Voy hasta el norte y resbalo, me persigno allá en el este y bajo a ver como el sur aclama la impostura de mis duendes. Porque mi musa a un Dios baila como Hada del Oriente en un universo de magias. Y hasta los poros me abraza en veranos por la playa, con sus susurros ardientes colmados de su amor perenne a la palabra; cuando la neutralidad hilvana mi inconsciencia rebuscada.

- Y doy mi amor a quien le haga falta, sin aceptar penas largas; ni en radio sueños, ni en casa, ni en las páginas de mis madrugadas.

Perdido por su Limbo...

Al oeste de los sentidos existe un lugar Apocalíptico al que todos llamamos El Limbo. Donde lo tranquilo es adicto a vivir en precipicios, soñando nostálgico y colgado de nuestros cielos más eclípticos. Cirróticos y anacrónicos y con el intelecto empobrecido.

En agridulce y en tinto. Y en inmortales capricho que nos mantienen perdidos y vagando adormecidos hacia el infinito de los cartilaginosos desprecios que sentimos por nosotros mismos. Por no vivir convencidos; y por no darnos el derecho de conquistar lo perdido.

- Donde lo ecléctico es rito y hasta un consejo bendito llega a ser un trueno cruento. Donde la anarquía no es delito y el silencio es un perro callejero y hambriento que se nos duerme aturdido y sin deseos. Pensando que está comiéndose un hueso fino, vaya a saber de qué indio, reprimido por el martirologio de su tribu. - Y donde el aire adolorido no es más que un concepto ambiguo de lo feo, que no encuentra su remedio ni en los abismo del mito bíblico.

Curvas sin frenos cuando se va en sus adentros y se nos excita el ego al porciento más exhaustivo. Pues nos volvemos amnésicos rindiéndonos en lo absoluto de lo nunca visto, justo al principio del cuento. Superlativo y anémico como en un cuento ficticio que alguna pluma haya escrito por puro oficio poético; mordiéndose.

- Llamando a un amor viajero que hasta el limbo llegue en besos; para que se quede allí durmiendo y acompañándonos con   juegos.

Tiempo perdido si se regresa sufrido, o si se viene desde los más lejanos y extraños parajes de desiertos. Silencio adicto a los vicios más complejos, secreto en sueños no convertidos. Y llantos cruentos si es que ha dolido, a un pecho herido por los recuerdos de algún momento siniestro; o por motivos menos serios... – ¡Y hoy vive muerto!

Dios de un Demonio que nos ha vencido, el limbo es cruento. Y es conocido que amarga al cerebro como el maldito desprecio que algunas veces sentimos por nosotros mismos al concientizar lo que hemos hecho. Al recordar lo vivido y saber que estamos cuerdos pero viejos; y que perdimos en el juego sin querernos. - Cómo esos versos sin sentido rítmico que con el tiempo perecen en un armario de libros insípidos, encerrados en un panfleto sin destino fijo, llamado *Cuanto he perdido en el intento de escribirlos*. Ningún poeta ve lejos cuando se las da de listo como el Genio de Aladino, porque en el limbo los sesos yacen huecos.

- Y se pervierten ahogados en sus propios conceptos tétricos, que nunca los han convencido de vivir con pocos miedos. Y con el mínimo en ritos, si sus vicios no son buenos, ni sus amigos modestos. El limbo es cruento y de hecho lo sabemos, su sinrazón pierde al cuerpo y al despertarnos somos huesos, carne y nervios.

– ¡Solo con versos no basta! (A Fernando Sabido Sánchez)

– Hoy hay fiesta de poetas y se escuchan sonar las trompetas de una fanfarrea hecha con letras...

– Hoy es la juerga de la poesía y de los juegos de jerga. La mañana está contenta y el cielo renueva tretas; y enmarañada anda la lengua cuando los dedos teclean. Ya a nadie sirven de nada los manuscritos de otrora. Las tantas horas pasadas a componer a la sombra, se han convertido en mecánicas en esta humanidad tecnológica. En la cual las pantallas mandan; y los ordenadores programan lo que por nuestras cabezas pasa, sean ideas o anagramas.

- Pero ni aún así la festividad acaba, justo porque la poesía no es ni dogmática, ni estática; y quienes la practican bailan al son de esa nueva vida que sus universos les dictan...

– Hoy hay guateque de poetas y se invita a quienes quieran a dejar sus notas altas, a derramarse como agua y a llover como esperanza desde un cielo azul sin auras. Que la política parta por los senderos de un aula donde se aprenda a ajustarla, que las religiones traigan del mas allá sus retoricas e inciten al que proclaman exigiéndole que comparta. Que el amor convierta trampas en ilusiones del alma; y que el erotismo se haga jugo de manzanas, para embriagarse en la cama orgasmizándo sin plagiar en cada letra.

126

- Para poder disfrutar de la celebración que se prepara, para jugar nuestras cartas sobre una mesa sin sañas; para no juzgar por nada, ni llorar si no hace falta...

– Hoy será la velada de las letras que anden mirando hacia el África y pensando que si ganan le regalarán su sabia y la totalidad de sus ganancias. Hoy es la juerga gramática de una América empeñada en darnos una sola cara, de norte albor, de sur sin ansias, de centro en magma y de Caribe sofocada. Hoy es la fiesta gitana de una Europa que no calla porque quien se indigna gana; que cambia entrañas y en piel se baña, en su Unidad tan buscada.

– Hoy tendremos convite en Asia, que nos mandará un sol de mañanas tempranas, encendido en amarillo naranjas y abierto de ojos al alba sin desproporciones trágicas. Y habrá un espectáculo en Australia que abarcará todo el pacifico, tocarán Yiraki en bandas que soplarán las mismas fanfarrias por poetas deletreada: Abran puertas y ventanas que la razón tiene alas para volar esperanzada y entrar en todas las casas. Y pido que no se regañe, ni se critique, ni se engañe; ni se cansen de admirar verbo y paginas.

- Abran puertas y ventanas y escuchen que el mundo cambia; y ayúdennos a manos anchas, que solo con versos no basta para ganar la batalla.

- Y como en todo jolgorio donde la mente jubile, habrá un maestro de comparsas que dirigirá las parrandas. El búho nos vendrá de España vestido de blanco hilo tejido por sus propios dedos. Y con su barita mágica nos dirigirá el concierto, que comenzará con esta frase tergiversada que le he sacado con respeto del fondo de uno de sus poemarios serios. Y que reza como yo quiero ver a este engendro de tercos, que luchan por un mundo nuevo…

– "En las puertas de este Mundo hemos colgado un cartel en el que reza:

[ABIERTA LA ENTRADA A BRUTOS, A POBRES, A HONESTOS, A OBREROS Y A LOS ALQUIMISTAS DEL INTELECTO BUENO Y ECLÉCTICO. ABIERTA QUEDA LA PALABRA QUE PROCLAME LA ESPERANZA DEL MAÑANA. ABIERTA QUEDA ESTA JUERGA, A TODO AQUEL QUE QUIERA CONSTRUIR UN FUTURO JUSTO BASADO SOBRE EL VERDADERO PROGRESO. COLABORANDO COMO NOSOTROS, TODOS, EN CADA UNO DE NUESTROS NUEVOS RETOS]

- ¡Y que a nadie importe que sean difíciles…!

– ¡La esperanza es más profunda de lo que dicen, mis Damas y Caballeros!

- ¡DECLARO ABIERTA LA FIESTA; MÚSICA MAESTROS DEL VERSO!

Erase una vez al alba...

Muerta en vida se ve ella, muerta en vida anda en su espera, la madrugada viajera le hace sus ritos al alba con una tranquilidad tan extraña, que asemeja a las quimeras. Sumergida en la indiferencia pasajera y en su larga juerga amnésica cuando el sol no toca su puerta. Anda vestida de Reina y con su colmenar me asecha, le cae atrás a mis letras para aparecer en ellas; y yo la capto a sabiendas.

- Anda eclipsada bajo ofrendas secas, con poco humor y frustrada, incomprendida y orgásmica; ¡ya nada queda de ella!

- En verdad no la presiento consentida. La inspiración que me quita me hace gastar mucha tinta y hasta perder la paciencia; y me priva de la tranquilidad onírica que mi vida necesita...

Me dice adiós, luego vira, se vuelve tiernas caricias, besos y copas de vino, sonrisas de despedida. Me dice adiós, se maquilla, salta y se tira de rodillas sobre la tumba de su ninfa; al sentir su cama vacía y su piel sin mis caricias. No queda nada de ella, solo estas últimas líneas. Me dice adiós, me domina, se ausenta a roncar boca arriba y pone a la luna en ausencia. Y se sueña en una alcoba fría e insípida, sin mí y sin mis letras que la miman.

- Por puro orgullo y rencillas. Por las horas que le quedan, no queda nada de ella y hasta su invisibilidad me aterra; porque es efímera pero bella y aunque la amo me estresa. Porque es tan buena como integra, pero de oscuridad se rodea. Porque su Ninfa es ecléctica y su hembra una cazuela para cocinar verduras. Para comérselas crudas, en mil pedazos de besos buenos y gélidos como los que me dio en otros tiempos.

- Me dice vuelvo enseguida y se desnuda vencida como una loba maldita. Y aúlla y grita adolorida, para que vea que no finge y que se admira de rodillas. Las madrugadas vividas hasta el alba casi siempre son bonitas para el alma. Pero excluyan de ellas las vivencias donde al horizonte vean tristeza. Porque si un frio viento del norte llega y nos congela la estrella, luego la noche se verá negra, falta de luz y llena de penas...

– ¡Y la mañana llegará, fría y reseca!

Si ya no vuelve arrepentida reivindicándose en musa, digámosle adiós a la dicha y sepámosla perdida por una madrugada huérfana y llena de pesadillas místicas; adiós mujer de delicias pretendidas.

– Erase una vez al alba..., como ocurrió esta historia hecha poesía. Al ciento por ciento ficticia para ojos que no vieron que se me escapó la vida por un oscuro precipicio abierto, desde donde se ve el desierto y perdida en el, quien más quiero y deseo. Ese amor bueno y sincero tan idílico como en versos, porque si no es así no lo intento; porque así mismo lo sueño. Erase una vez un cuento visto en vivo; y esta es la esencia del mismo, como había dicho al principio hablándoles aquella estrella de otros conciertos en vilo.

Eclipsadas bajo ofrendas secas, con poco humor y frustradas, e incomprendidas y sin savia. Ya nada queda de ella, ni de aquellas madrugadas bellas en que se me encendía coqueta por el cielo de un presente que ahora acaba en esta escena. Con el alba de un mañana bajo aguas que bajo mis ojos se empantanaron cuales cañadas. Con las lágrimas amargas que no acaban, como erratas...

- Y con la separación que desgarra nuestras almas ya cansadas de llorar por las desgracias... ¡Nuestras mal varadas, nostálgicas y desesperanzadas almas! Que hoy vagan desesperada, buscando amor y no ofrendas, para que nos atraiga sonrisas cálidas; al alba.

¡Y vete al alba!

- Recuerda ahora muchacha aquella noche en tu casa, te fui a buscar entre sabanas y entre reflejos de llamas te encontré ya acalorada. Me recibiste embriagada del aroma de tu taza que olía a licor de manzanas, con fresas verdes borrachas. Y al balcón perdida ingrávida te mostraste cual ventana; y te desnudaste el alma abierta y contra la pared, de espalda...

– Y leí la página larga de tu musa ya inspirada.

- Y bailaste contra mí y sin mi posaste; y fumaste del jardín de la muralla. E inhalaste la pasión del polvo en ramas; y ganaste la impresión de disfrutarla. Y tomaste hasta llenarme y desbordarte; y jugamos a besarnos bocabajo. Y bajamos y subimos acabando, recomenzando cada vez que nos besamos. Y no paramos hasta tarde, con nuestros cuerpos regados por tu cuarto ya apagado...

- Y por el aire una paloma vi volando, tú en flor sin frenos te extasiaste entre mis brazos. Sobre tus senos dos botones te brotaron, la voz del cielo calló en rayos y gritamos; un nos amamos que escuchó bien claro el barrio. Como dos gallos que calados cantan alto. Y nos lanzamos cobijados bajo dardos; y nos llamamos frente a frente y ya flechados...

– Y allí quedamos, en par clavados los brazos.

- Tu y yo dos gastos, de luna y sol escapados por los tejados maullando. Tus cabellos enjaulados te liberé sin peinarlos. ¿Recuerdas ahora muchacha aquella noche en tu casa cuando te fuiste cantando? En la que solfeando tocaste el piano y hasta rogaste mi aplauso; y luego mis dedos callados trajeron rostros distantes y sonrisas de otros lados. ¡Y me buscaste pensándonos!

– Y a manos enteras fui de antes a después del ya pasado.

- Y gemiste por allá, descalza sobre toallas que mojabas sulfurando; por la fuente del Edén de tus pecados...

- Con el salón apagado y una vela en ti alumbrándose.

- Tú y yo a solas tras butacas, sin pantalón y sin falda, mi cuerda por tu guitarra y tu boca abierta ancha resbalando, abalando la poción de los milagros implorados. El candor sin diapasón tiene uñas largas, la pasión y el descontrol todo relajan. Con los labios al calor se irriga magia, se ensaliva la expresión y esculpen lágrimas; y se da vida a la ilusión que dormitaba...

– Cual masaje a un corazón que ensangrentaba; y hoy sueña a válvulas infladas, ser la esperanza que te falta.

- Recuerda ahora, muchacha... Y no te vayas.

– ¡Espera el alba hoy en mi casa y lee mis páginas!

La Ninfa Reina. (Elegía al lirismo erótico)

Por la avenida del nuevo barrio se fue a calmar sus caprichos, se fue, se fue, nunca vino; y hasta el recuerdo divino, le hizo olvidar lo ya dicho. Se fue, se fue, tras los trinos. Al pajar donde el colchón es de hilo fino y las agujas de colmillos de oro duro del macizo. Al teatro del payazo de otro circo, al se llama corazón al nervio vivo. Al long-play donde al Bolero en faldas vino, a bailar salsas delirio y se fue en versos conmigo.

Los de besos por el cuello y los que a labio nos dimos, al candor del desamor del no dolimos; y él nos dimos fue un crucero por el Nilo. La recuerdo envuelta en besos navegando rio abajo, bajo sombrilla al sol bravo y con un trago ebria en tinto. La bendije y les reitero fue divino, porque si el cuadro fue mítico, aún más místicos fueron sus caprichos. Cuando se olvidó del mundo; y a Diluvios y Vesubios, me éxito con sus embrujos cada musculo.

- Y vagamos por nuestros universos de astros mudos, hacia el infinito enésimo del Boulevard de los abismos humedecidos y ávidos de sexo. Del ombligo en punto G al clítoris bíblico; y de ahí al del pene sin fin de ciclo. Donde en cada orgasmo intenso respiró el séptimo cielo. Y se fue y se fue y nunca vino si el aguacero no fue intenso. Y se fue y se fue con sus trinos, cuando vinimos al vernos en recuerdos; con el olor del olvido en nuestros cuerpos.

- Y hoy volvemos a embriagarnos al barrio nuevo del centro, por caminos paralelos a este cuento; a encantar sus huecos negros.

– Y se fue y se fue y siempre ha vuelto, porque aquel beso en su anillo lo merecí por pedírselo. Y cual Reina de las Ninfas me dio hilo, le di alas, me dio espada y fuimos himno. Y me encendí en positivo y ella se le iluminó hasta el limbo; y nos perdimos en vino y pecamos al unísono. Dulces de entrepiernas y esperma en besos bullendo. Por sus venas amarillas y por las mías de toro tierno; gozando el hito divino, temblando el piso y sus senos.

- El gajo envuelto entre pétalos con vellos y el rabo del Monstruo gélido del Puerto, entre piernas como poros célicos ardiéndonos.

– Y se fue, se fue; y nunca vino… Cómo conmigo cada vez que coincidimos en caprichos, consintiéndonos los mismos.

- Y cual Reina de las Ninfa se hizo espíritu; y su espectro me colmó hasta en el vacío. Batiendo cual corazón a nervios vivos, saltó en libido, con las lujurias que hicimos. A cerebro, a puros sesos y a lirismo, con el surrealismo moderno de mis dedos de existencialista idílico, con valor y sexo onírico gratuito. Y se fue, se fue; y siempre ha vuelto. Pues le tejí verde esperanza en cada puerto; y mi amor llenó de luz su pecho herido…

– Y se y se fue, con mis besos, al Olimpo donde mi Dios le diosu anillo, a encenderse e iluminarse con orgasmos infinitos. A navegar por el Nilo y a desnudarse en Castillos por el piso; y a corregir el Kamasutra describiendo nuestro propio libro. A fumar la pipa en círculo con Indios, a meditar con mi Buda en un capitulo, a matar a Jesús Cristo con sus gritos, a extasiarse en Afrodita y Venus frígida, a en velo por el desierto ir a por Mahoma a los cerros; y a Changó quitarle el peto y darle quieros. A meterse, a penetrarse, a inspirar vuelo; a besar eyaculando y yo mordiéndoselo. Y a filtrar sumo de ovarios de su fuente de misterios y momentos. Y a amarnos a fuego lento, cuando lleguemos corriendo.

- A entre ojos ver la cruz sin espejuelos, a entrepiernas lamer clítoris pimientos; y a coronarse al madero, con leño y cetro.

– Y se fue, se fue; y nunca vino, como conmigo cada vez que le di tiempo. Y ahora vuelve cada noche a nuestro encuentro y yo la espero ya erecto, cual Ninfa Reina que viene a copular; a inundar orgasmizando a mi deceso. A saber que si la mimo se abre el cielo, a explorar la voz del séptimo capricho, a vagar por universos paroleros; y a gemir gritando alto nos queremos, al regreso en contra tempo al trino rítmico…

- ¡Sonada en nota y con mimos, cual elegía erótica al lirismo!

Ella me quema hasta el aire. (I)

- Les cuento como ella me mira cuando me paro a besarla; mírenla y no digan nada... O vuelvan luego y me verán amarla hasta que la noche se harte y nos duerma la mañana. Déjenla vivir a sus anchas que mi musa es pura magia y ardor que quema hasta el aire cuando comienza a tentarme. Déjenla pensar a extasiarme y terminar con mis rimas; que la belleza que me inspira tiene unos labios que arden.

Rojo perla y verde suelo, azul celeste y luceros, ojos grandes como un pecho, un cielo abierto en destello y un amuleto de cuerpo que me ha hechizado hasta el verbo. Déjenla empezar a mirarme y verán que no les miento, déjenme amarla y no hablen hasta que no toquemos el cielo. Y véannos sudar en el sexto y en el séptimo con mareos, cada vez que nos besemos...

- Cuando la toco me muero y así mismo me describo, me verán como encendido viviendo tiempos bonitos por algún lugar perdido y en un país de delirios, donde no existan tormentos, donde florezcan los lirios en idilios. Déjennos amarnos como locos y soñar que nunca es tarde, déjennos tocarnos todos y aunque les duela no hablen. Déjennos quemar el aire y fotografiar nuestros sueños vivos al unísono.

– Déjennos amarnos primero y luego sigan leyendo, déjennos tocar el techo y a dedos abrir el cielo, dejen ya de mirar lejos y permítanme llegar hasta su epicentro. Déjennos navegar sin remos hasta el horizonte del cuento. Y déjennos perdernos mar adentro hasta llegar a otro puerto, arriar velas hacia nuestro templo y amarnos hasta quedarnos muertos; hasta que hasta el aire queme y seamos fuego.

– Déjennos gritar que nos queremos hasta que ardamos contentos y nos despertemos del sueño. Y déjennos sulfurar mordiéndonos, vello a vello, nuestros cuerpos. Hasta que el delirio acabe y luego se los cuente en versos que les ericen los pelos. Y vean como sus cabellos sueltos me han hechizado hasta el verbo y me han secado el tintero.

- Ella me quema hasta el aire si en sus brizas me refresco, ella me colma de besos y yo la mimo sediento. Con razón y sin alardes pues tenemos argumentos para cenizas volvernos, sin ser leños.

Aunque tus besos me embrujen...

- Llénate un saco de vida en la que vivas contenta, plántale un jardín con brizas delante de ella. Dame tus manos con prisa para sostenerla; y júntame a tus vivencias cada vez que te lo pida.

- Tírate un poco en la hierba y juega con las piedras, bébete un vaso de agua y luego una cerveza. Piensa que tienes paciencia si algún día me esperas; y convéncete de tenerla, para que nunca la pierdas.

- Píntate un jardín colmado de pétalos de Milsueños, susurra a los cuatro vientos que el gran amor te ha llegado, que Cupido en un concierto con su verbo te ha flechado; y que te partió hasta el pecho.

- Alza tus ojos y mira que ya llegas a la meta, abre tu boca y aspira el oxígeno de tu existencia. Cálmate el ceño y respira el perfume de tu esencia; y deja que el mundo se funda como la gelatina.

- Tomate el pulso y revienta cuando en mis brazos te veas, siente que en gotas te escurres como rocío de primavera. Y goza, como la Luna llena que al ver al Sol se despierta; y en la mañana se queda.

- Tócame, pálpame y úrgeme para que en la cama te meta. Despéinate, estrújame y háblame de los fantasmas que te tientan. Cierra ventanas y puertas; y vete a ver si alguien queda escondido tras de ellas.

– Y pídele que se pierda que vas a hacer horas extras al fuego de la chimenea. Prendida al techo si vuelas y encendida como vela cada vez que yo me prenda al eje de tus caderas, que veo que arden frenéticas.

– Sube y baja la escalera con tus piernas, en carretillas y en vela. Vete al séptimo y regresa, dale a tu reina la juerga que su hembra necesita. Pídeme un beso que asfixie y que el limbo te derrita, que te lo haré mantequilla y tinta para versos que te pinten en tus cimas.

– Y entrégate bajo un puente al amanecer del día, si en rojo tu sangre hierve como el vino que te embriaga. Y trágate hasta la coronilla y hazme cosquilla que ericen, que yo te ayudaré a perderte haciéndote el amor sobre la silla que en el balcón se refría.

 - Desnúdate por la orilla de alguna playa vacía cuando las sirenas duerman y las redes pesquen peces. Y grita amor que me quieres en esta y en otras vidas; al superlativo de veces y al infinito de mis rimas liricas.

- Tomate el pulso y revienta cuando en mis brazos te veas, siente que en gotas te escurres como roció sobre la hierbas. Y di mi nombre si te urge porque aquí nadie es de piedra; y yo me siento tu Alteza y tu eres mi Reina buena.

- Ya sabes bien que te induje a amarme de esa manera buscando a verte contenta. Porque aunque tus besos me embrujen, yo sigo siendo Poeta y siempre captaré la esencia, que el buen amor me produce.

– Y aunque tus besos me embrujen seguiré siendo poesía, con dedos, cuerdas y vivencias que te rapten cada día entre mis letras.

Estas pérdida; y eso a mí me calma...

– Estás perdida…

– Estás perdida y se te nota en la sonrisa, estás perdida. Estás perdida y cuando hablo ni me miras. Estás perdida, estás perdida y ya no encuentras la salida…

Me amas tanto que al gemir ya no respiras, estás perdida y ya no haces caso cuando llaman tus amigas. Y ya no hay rencillas pues los hombres de antes no han ganado la partida. Me das tu vida, te doy la mía y me pierdo en tus mejillas hecho lágrima corrida…

– ¡Estás pérdida!

- Y ahora las nubes de tu cielo se derrumban, que loca vida. Eres mi guía y de tus manos soy la diestra. Versos me inspiras día a día; y una corona dejo puesta en tu cabeza…

Ahora eres Reina, ahora eres diva; y en la distancia se te siente embelesada. Ya no me escuchas y ahora te extasías, ya no respiras, estás ausente y añorando ser besada. Pides caricias. Tus locas ganas te han dejado enamorada; y a pecho gritas, desesperadas.

– Estás ausente y en la distancia, mis besos andan ya rondando por tu cara, te veo cambiarla y entre sonrisas se te enciende la mirada.

- Y te reiteras y me amas; y de tu boca se te escapa un no te vayas. Y ahora me llamas; y hasta este sueño se realiza si lo cantas.

Siente tu alma que se pierde por mi alma, siente tus gracias, palpa mi magia, como te abraza y te desnudas por mi sala. Mi copa alzo, tu blusa bajas, se truenan besos que al rosarte te derraman.

Se inunda el cielo, se enciende el alba, vuelve otro beso, otra caricia, otra mirada. Se pierden tantas, todas sudadas. Todas lindísimas, todas ellas roncan riman entre sabanas. Todas soñadas como mañanas distintas; pues tu sonrisa es el espejo de tu vida.

– Estás perdida y si te sigo te me escapas en la cama, te sé besándome, te sé escuchándome y es por eso que no hablas. Estás perdida en el destino de tu estrella; y mis palabras te abrazan alejada.

- ¡Estás perdida y lo confieso eso me calma…!

– Estás perdida y entre besos te derramas sofocada. Y entre tus labios veo descrito un tengo ganas, porque te amo y si me atrapas pido magia. Estas perdida y entre ruegos ves el alba, enamorada.

Si es que pasa...

- Sueño con despertarte sin dudas en una mañana acalorada, llena tus vellos de magma y de delirios del alma, inspirados por tu gracia. Y darte besos a mis anchas sobre tus mejillas tímidas, hasta inundar de aventuras los pensares que te rondan. Y quiero pintarte la Aurora, al mismo tiempo que te levantes y que te concibas amada y entre mis brazos sin ansias. Y al mismo tiempo y con alas, verte loca e ingrávida como la esperanza, por un cielo Azul pompones, hasta que en el aire te esparzas...

Frita en aceites de girasoles y hornada con piedras purpuras a la sabrosura zarzosa. Buscando entre musa y bruja cual suele ser más astuta cuando se convierte en pluma. Al ver que corre mí tinta sobre tus dunas volcánicas y tu fuente de esmeraldas. Y verte merodear temblorosa al borde del riachuelo que lleva a tu Oasis eterno, al final de tus senderos polvorientos; mereciéndolo...

A tus aguas de consuelo que humedecen mi cantero en cada verso. Con tus disparas dentales a los colores vibrantes que en poco encaje se aguantan, sobre las curvas endiabladas de tus caderas mulatas, que ondulas como dos palmas. Tan elásticas como la luna en una noche de magias como estás acostumbrada. Y pedirte nata de mares, para que las lluvias caigan mientras tú andes desnuda, buscando un collar que te luzca y una rosa para tu cintura.

144

- Y solo pediré que me veas cuando te traiga una taza de café fuerte a la cama. Y también, te pediré que abras tus ojos al alba tan grandes como manzanas jugosas, derramadas sobre el blanco de estas sabanas. Y quiero que sientas que se te caliente el alma, al ver que el Sol que buscabas entra por la ventana de tu casa, para inundarte de luz la cara; y tus entrañas de gracia vacilada...

- Tu bella cara de nana, tierna y natural como cuando te levantas, sin maquillajes ni nada; solo con tus sonrisas más sanas. Y solo quiero que me diga dos palabras; dos y basta... -

– ¡Que me amas! - ¡Sí es que pasa!

Reflexiona y no te enfades.

La voz de tu alma habla un lenguaje equivocado y las ansias te desgarran la yugular de las ganas, que en sangre dejan tus labios. Tus palabras se enmascaran y salen mudas y mojadas con esas lágrimas amargas de cocodrilo extraviado, que viertes cuando estás llorando. Escúchate antes de soltar la lengua y no te quedes sumida en tu lirica de llantos trágicos, inspirados en disparates, sin meditarlos.

- Tu pensamiento enjaulado ya no conoce otros lares y las manos que un día te tocaron hoy rondan por otras partes. En otros cuerpos que laten con sus corazones grandes. Reflexiona y no te enfades y piensa bien cuando hables; y no cometas el pecado de engañarte como antes. Lávate ese vinagre que en la cara te ha roseado el arcángel de los desencantos. Y al hombre que duerme a tu lado mídele un metro de largo, tómale su diámetro estático y el perímetro abarcado por sus brazos; y cuando tus sentimientos se abran, date a amándolo.

- Reflexiona y no te hartes de sentir que amor has dado; y autorízate el pensar a quien te ames. Concédete el respiro de darle vida a tu sangre a boconadas, con hambre. Sin malos pasos y reflexionando. Y si te pide algún regalo, ofrécele tus brazos anchos. - Y enamórate de amarlo, cada vez que amor te llame coitando. Pero si sientes que en vano le estás dando besos plagios, vuélvete y lee estos versos que te invitan a pensarlo. Reflexiona y no te enfades; y dite que el mundo es mundo y que lo será aunque tú le faltes. Y dite que si deseas besarlo, es porque aún tiene encantos.

- Y sal del cuarto corriendo a buscar tú enamorado, que al alba te estará esperando sentado al borde del lago donde te prometió llevarte. A darte amor del que cae, bajo una lluvia de planes. Reflexiona y no te hartes de sentirte suspirando entre sus brazos.

- Y autorízate el regalo de pensar a quien te ames. Y concédete el respiro de darle a tu vida cambio que necesitan tus aires. Reflexiona y no te enfades, que como Don Amor más nadie podrá que pueda entonarte cantos.

– Y enamórate al amarle y busca ardor a su lado, no cansancio.

¡Porque contigo no puedo!

- Ya no te encuentro aquí adentro, ya no te tengo deseos, ya tus besos no son truenos, ni tus caricias las quiero. Ya no me quedan ejemplo para decir que está muerto, si tú no entiendes pues bueno, que puedo hacer repitiendo pues contigo ya no puedo.

- Ya no me queda remedio y me alejo para siempre, me voy desnudo y te dejo el recuerdo de mi espectro. Me recordarás desde lejos en los instantes aquellos en que éramos los dueños y los esclavos de nuestros besos. Y me sentirás por tu pecho en la distancia de nuestros lechos, pues más nunca nos veremos, ni en recuerdos.

– Sabrás que me he ido corriendo porque contigo no puedo, no puedo más con tus nervios, ni con tus ruegos histéricos.

No puedo más y lo acepto, yo contigo no me entiendo; y es por eso que me marcho de tus predios. ¡Porque contigo no puedo! Ya no te traigo a mis sueños, ni peco con tus cabellos. Ya yo no tengo planes buenos y si tuve no me acuerdo, pues los contigo diremos; en otros tiempos más bellos, antes de olvidarte en estos; y hoy ya yo no sueño con vernos, mano a mano por el pueblo.

Ya no inspiras más mis versos, ni se te lee en mis cuentos, ya en tu presencia no hay fuego, ni me quemas con tu cuerpo. Ya no entiendo tus conceptos, ni tus lamentos eternos; y me

niego a vivir viejo vuelto un preso y padeciendo un mal alérgico. ¡Al lado de quien no comprendo, aun si lo quiero!

– Aprenderás que lo cierto da su limite al veremos, que
quien trata mal lo bueno se queda algún día sin ello. Y que la
dualidad de términos vale más que un solo anhelo, porque a
dos hay más reflejos que a uno y medio, se dice puedo; y se
vive colmado el momento.

- Si un día puedes entenderlo ya no valdrán los lamentos;
porque de ti estaré lejos ¡Porque contigo no puedo; y hoy lo
comprendo!

La sombra de un beso bueno.

La sombra lánguida de un beso bueno se está bañando en la alcoba. Se está lavando el veneno que le mató el gusto a aromas que antes colmaba su boca. Corre jabón sobre labios y hace espuma mientras ora; porque un beso enamorado la vuelva de nuevo loca, dándole ardor a su boca y reviviendo la gloria acompañado.

Sin las zozobras del pasado y sin el desamor de sus pasionales derrotas, que lo han convertido en roca de un manantial que ha secado. Al alba y al sol quema labios y se broncea el cuerpo alocada para viajar al pasado, la espera un nervio en su alcoba, que la llevará al cadalso…

- Y el beso se tuerce enredado por un sabor que lo explota, hace muecas con los labios y entre dientes pone bombas. Y hasta a la lengua reprocha el haber participado al acto que su saliva ha ensuciado, fundiéndose en otras bocas, juzgando pasados trágicos y dándose un calor que estorba.

El beso en su insomnio ignora que un buen amor no desborda, que lleva Luna al poniente y a la Aurora un Sol en notas. Que se ama en las tardes calientes y en las madrugadas locas; y que en las mañanas se duerme, soñando con la misma   historia.

- Y que en las noches mientras se ora se pide ser erizado por otra boca golosa que se pierda entre los dientes; y que las rosas se dedican antes de que les liben sus mieles. Que se toma un trago con otras mientras se sigue pensando al tema de la misma estrofa; cuando el pasado retorna y se recuerda lo errado enamorando.

- Y él se desvive en mil lágrimas sobre el diván de su alcoba, despojándose irritado por haber besado pecando. Y por haber llorado esperando, por los besos de su boca. Rosados se anchan sus labios, se humedecen, se dislocan, se escapan a gritos flemáticos que sobre la carne se inmolan; y el implora un coma amando.

Lleva incrustada una espina en la que el veneno sobra. Y los labios que le rondan todos se acercan con miedo a su misteriosa sombra de beso bueno acabado. Que quiere continuar el juego haciendo el amor y no orando. Y que quiere verse de nuevo a la sombra de un pecado mágico; y entre labios afilados coitando.

Te necesito en mi vida...

Hablándote con la mirada me parece estarte viendo, tu belleza me encandila y tu cuerpo que habla en ruegos yace apagado en mi lecho. Me quemo el tiempo en tu hoguera encendido en un gran beso, bailo contigo un bolero y te canto un poema de estos. Y cuando miro recuerdo que en realidad estás lejos; que todo no fue más que un sueño, que me ha dejado perplejo.

- Y te pregunto qué hacemos:

- ¿Por qué jugamos a vernos, por qué apareces vestida si desnuda yo te quiero? ¿Por qué en el viaje de ida me mostraste tu universo, por qué de vuelta al rodeo mi pensar fue tan efímero que me quedé allí muriendo; esperando un guiño tuyo, para venir a tu encuentro y jurarte que te quiero. ¿Por qué te tengo en silencio. ¿Y por qué me asfixio al decirlo?; si a gritos yo te deseo...

- Te necesito aquí arriba alumbrándome el destino con un orgasmo infinito, colgada al séptimo cielo como una estrella atrevida en universos divinos. Te necesito sonriendo, desnudándote y oliéndome, sintiendo el sudor de hombre que por mis poros destilo. Y en lazos de piel y cintas te necesito en mi vida; enviciándote con mis dotes, e inspirándome nuevas rimas.

- Te necesito a la deriva por el mar de los amores; pues te quiero toda mía para llenarte de goces...

- Te necesito frenética, vuelta loca y aturdida con el vapor de mi jerga. Te necesito en mis juergas embriagada de botellas; y en delirios desvestida, vuelta humo como pipa. Bocabajo, bocarriba y toda tatuada de goces cada vez que yo te toque. Y a caballo por mi bosque con una flecha asesina tirada con girasoles, en araña vuelta hembra y en escuala de mareas vuelta sirena...

– Te necesito en mi vida para llenarte de dicha...

Hablándote sin reverencias me he dado cuenta que es de día, que me han pasado las horas pensándote mientras dormía. Y ya no veo estrellas encendidas ni cometas, solo veo nubes blanquinegras perdidas, que todo el cielo despintan. Ya no me queda ni tinta para escribir más poemas, pues se me ha ido la musa o está jugando a escondidas, cantándome nanas lindas.

Se me perdió bajo el agua...

Que inauditas las pesadillas que al despertar se recuerdan, que cosas bellas no vistas en los buenos sueños se quedan. ¿Qué clase de prosa es esta?; que delante de la belleza, les habla de cosas feas. Que desilusión la ausencia cuando la despedida llega, si a defecto la impaciencia muere de dolor y aqueja; fundida entre penas cruentas.

- Está tronando allá afuera. Está lloviendo y hay niebla pero aun la veo que se aleja; toda desnuda y espermica, con su lengua que marea. Se ha puesto sus botas negras y su vestido de piel de hembra, ha tomado su paragua y salido a ver el alba. Y ya yo no creo que vuelva, porque el aguacero no escampa. Ya yo no creo que me entienda...

– Ni aunque le grite aguafiestas; ¿por qué te alejas mi hembra?

- Y ahora solo veo su espalda entre muros y ventanas, porque sus lagrimas son tantas que han llenado la cañada; y al otro lado no se pasa en balsa y aún menos en alpargatas blancas. Sé que se ha marchado orgásmica y embelesada, pero no creo que la vuelva a ver al alba, al no ser que el milagro pase a mi ventana entrevarada.

Se fue desnuda y sudada, refriada y martirizada. Su mano izquierda en la espalda aprieta un riñón a su alma; y en la distancia ella salta. Sus tacones pierden gracia y sus ansias se derraman atormentadas; y yo la aseguro mojada y enferma de sus ganas trágicas. Hirviente en leche de baca y en chocolate caliente; ebria de amor, pero harta.

– Descompensada y herida por las lozas de su vida…

Recompensada por tantas, decepcionada y sin ganas, ebria de amor pero harta por tantas batallas vanas. Ha perdido su anillo al alba justo cuando la madrugada terminaba al filo de unas notas altas. Y el sol ya se abre a mi ventana con la tranquilidad esperada; porque cuando el amor acaba, de nada valen las lágrimas.

- Se me pierde en la distancia, veo que baja su paragua disparando cada bala y ensangrentada del alma. Y que sus cabellos se embarran de la sombra de sus lágrimas amargas. La veo ondular a boca ancha como un grito en la madrugada; y veo que el alba la aclama, por su prestación romántica. Bajo mi mano empujándola hasta mi pecho, sin ganas; y mi corazón se escapa hasta que estalla.

– ¡Se va detrás de su espalda; que se pierde soñolienta bajo el agua!

Itinerario...

Ya no creo que me importe lo que digan, siento que un viejo ciclo se termina y que con él me expira una estrella. Ya nada queda de ella y su brillo me flagela, ha ido apagándose entera como una vela que quema puesta la luna en ausencia. Y hasta el Sol le enciende centellas para que la sombra de su espectro la vea a ciega; como una Venus en pena, con sus lágrimas huérfanas y negras.

– Nadie sabe lo que le espera, si aún no ha llegado a su meta.

- Nadie sabe a ciencias ciertas quien es ella, si mensajera o doncella, si plebeya o aguafiestas. Si es frígida o si es solo una semilla dentro de una fuente de corazones que secan. O si entre duna se empina, entre dos palmas reales idílicas delante de un panorama dibujado con plumilla al atardecer del día. Y luego cuando la noche llega, sus ternas raíces se resecan y ella pudre melancólica, a la espera de otras rimas; que la describan perdida entre caricias.

– ¡Ya no sabe porque es buena!

- Nadie sabe hasta dónde llegará la colmena envuelta en cera que ni en los Museos se encuentra, porque la escarcha congela cuando el corazón infarta; y nadie puede calentarse en la fría Antártida, ni en el norte sin candela. Nadie sabe como empieza el curso de una vida nueva… ¡Si no la vivimos con magia; si no observamos sin tregua!

- Y buscamos en el lunas nuevas que nos devuelvan la esperanza, la confianza y lo que queda de nuestra figura arrastrada. Que como en los Museos de Cera, siempre persigue una meta sin saber si podrá alcanzarla. Pero aunque del infierno vuelva sin su Bella Dulcinea... Don Quijote siempre tienta.

- Que conjugación de flemas, de absurdidad y de torpezas las que la existencia nos lega...

Que fatalidad, estrella, que ya no brillas en el infinito onírico de mis nervios vivos. Qué pena grande que en lienzos no puedan ver más tu ejemplo. Con los ojos abierto mirando al vacío y resbalando hasta abajo por el mismo precipicio ambiguo por donde se escurren las dudas cruentas, los celos y los viejos maleficios. El mismo que lleva desde el filo del destino empírico empobrecido, a los colores de tu cuerpo suculento   descrito   en   blanco   y   negro.

Se está apagando esa estrella, se está acabando su esencia y sus desnudos de hembra reina. Se me pierde en el infinito de lo pasado existido para un poeta maldito, pero rítmico, que tiene de existencialista, de idílico y de lirico cantador de trinos. Para un lector de principios, de libros buenos y no de ritos bíblicos maldecidos.

Porque nadie sabe el oficio que en la escuela no ha aprendido, porque el cielo no es todo nítido, ni el suelo un ejemplo tímido de una roca en movimiento. Pero recuerden que hay huecos que en el fondo están vacíos, que son negros como los precipicios tétricos del infierno del olvido por donde hoy se escapa su aliento.

- Y es que a mí no me importa el delirio si en el no hay amor descrito. Entonces, imaginen hasta dónde puede llegar un hombre con todo el peso de lo hecho por su pecho dando brincos enalteciendo su empeño. Y el cuerpo revolcado por el suelo, porque se siente sediento de verbo y de vino con misterios; que le den vida a sus versos antes de que se cierre el libro y de luto vista lo visto.

– ¡Erase una vez al alba…, fue el cuento de un sueño vivido!

La clave de mi musa.

Me he abandonado a tu silencio que en realidad no comprendo, a tus desnudos de lejos y a tus vestidos modernos con sus finos toques viejos. Me he extasiado en tus cabellos que como viento despeino, me he metido en tus adentros y he pregonado sonetos; y te he dicho que te quiero, con un susurro viajero que al besarte caló lejos en tu pecho. Que al tocarte te dio acento, voz y verbo.

- Que me sumió en un concierto sin complejos ni tormentos duraderos, solo a dedos; y a cerebro. Y siente bien que al pensarlo te vuelven hoy los deseos. Que tu silueta de nardo orna el jardín de mis sueños, que en un ensueño podados los Milcuentos te contaron, pero conmigo en tu cráneo tu precio devino exacto. Que el crucifijo en tu cuello pone fin al entreacto, que yo tu Dios te relajo y que tú imploras llamándome; cuando al amor ora el párroco y yo te canto enamorado.

- ¡Pues tú me amas, aunque estés distante mi rosario de pecados!

Me he puesto a tentar los guantes sin almohadillas ni cuero, me he divorciado de mí antes pensando a ti en mis recuerdos, te he suspirado delante creyéndome Duende eterno; y como mariposa en vuelo, tú has inspirado mis planes. Y he tomado tus panales y te he hecho miel en tu enjambre, te he libado de tus néctares y te he vuelto jugo de frases; y has pecado ante mis ángeles versátiles.

– ¡Y cómo musa de clase; tú me has mostrado la clave...!

Me has enviciado en pañales y ahora de adulto me matas con tus melodías del alma. Me has dado buenas y malas; y en las malas y las buenas he estado aquí para dártelas. Le has dado gracia a mi charla y algunas rimas simpáticas; y te has pintado de esmeralda en alguna tarde lánguida. Y ya me has mostrado tu rabia en verde luz piel metálica; y en melodías que no acallan mi garganta.

La clave que tú me mandas tiene de Sol que quema al alba, tiene las notas más altas de las serenatas clásicas que los bardos te cantaban en otra vida cegada, sin planes, ni luz, ni magia. Tus frases y tus andanzas yo las describo a mis anchas en mis prosas rebuscadas, en mis metáforas claras que dicen bien lo que calcan de tu eminencia mundana; y tú me premias si te incendio en una carta. Me has disparado la chacha y algunas palabras inventadas.

Y has partido a mis espaldas tras una ladrona que plagia, te has rendido a mi elegancia y me has amado a distancia, te he convertido en naranja dulce y vitaminada. Y me has pedido un no te vayas; y he respondido mañana. Me has implorado con ganas y has bajado hasta tus alas. He tomado mis entrañas y las he expuesto sin lágrimas; y así la página amarga quedó a tiempo terminada.

– Y tú has callado eclipsada, cómo una clave romántica.

160

¡Tú no estás muerto poeta!

Me han susurrado al oído un presagio que no es nuevo, repetido muchas veces por los seres más pacientes que envejecieron oyendo: No tengas miedo a lo inerte que solo con cambios se vive; pues quien bien busca consigue darle sentido a sus sueños. No tengas miedo a la muerte porque en finales bonitos, solo cuentan los recuerdos que en presente reaparecen.

- No tengas miedo a cederlos si de este mundo te pierdes por parajes nunca vistos, que en otros tendrás los mismos y encontrarás nuevos bríos entre nubes y angelitos. Y cientos de amigos distintos te alumbrarán el camino para que tu recuerdo se quede, dando vueltas en sus círculos; y en la linfa de sus pieles.

– Tú andas marchando a la Aurora para cambiarte el destino, tú no estás muerto estás vivo. Te estás abriendo el camino con proyectos diferentes, lleno de sueños distintos que tus duendes te han traído. Y escucho un silbido ardiendo en el fondo de mis adentros, donde existe un cementerio para los casos perdidos.

- A donde putrefactos y mal olientes tres tristes tigres se han ido, a ponerse nuevos dientes y a limarse los partidos. Qué perdido el filo tienen por sus combates a muerte contra enemigo más fieros, que para no tener que verlos, les llenaron de manchas el pecho y luego los dejaron fundirse, en lo negro de sus ritos...

– Sin sus rayas que convergen con estilos en sus cuentos, como difuntos malditos que un día gozaron del mito de saberse diferentes. Porque sus escritos viven entre libros que no duermen; y sus voces se hacen ecos entre la gente que los lee. Que este homenaje les llegue a todos los poetas muertos; y a los vivos que quedemos.

- Me han susurrado al oído Poeta no tengas miedo, tú no estás muerto está escrito. Andas camino al Olimpo para cambiarte el destino con proyectos que te tienten. Para poder dar vida en ellos y guardar buenos recuerdos; nuevos versos, fuegos, bríos.

- Y a los amigos de siempre los veras siendo testigos de esos momentos oníricos que tus duendes te han traído; ya los verás bien alegres forjándose un futuro nítido. Tú no estás muerto Poeta, mira como el ritmo sigue y tu nombre no se pierde en el presente; y escucha cantar tu himno...

– Sigue rebelde el camino y cuenta conmigo si quieres. Tú no estás muerto estás vivo, te estás labrando el destino comenzado cuando niño. Tú no estás muerto repito, estás dejando testigos de esos dones tan eclécticos que te trajeron desde el Templo de las Palabras Fervientes.

- No te detengas ahora, vuelve que lo bueno está en camino para que en versos lo cuentes. Tú no estás muerto, tu duer-

162

mes, con el corazón al vacío y explorando continentes. Escucha susurros venidos de este universo viviente; y recita tus sueños verdes a quienes quieran oírlos:

– Tú no estás muerto Poeta, tú te reposas la edad; y de más está decirlo. No creas que es tarde repito para volver a empezar, sigue buscando el poniente porque lo vas a encontrar. Por las orillas de ríos, por las arenas del mar, por los cielos de tu limbo, por el campo y la ciudad. Por montañas y entre amigos pregonando felicidad; y en tus versos vivirás, cuando tú alma se haya ido.

- ¡Sigue rebelde y no tiembles y obtendrás tu libertad!

– Tú no estás muerto Poeta tú te reposas la edad. Para volver a empezar cuando encuentres el poniente, para poder escuchar como los aplausos llueven; cuando la felicidad le lleves a quienes la necesiten más. Tú no estás muerto Poeta te queda amor para dar, con letras vueltas esencia al estilo de tu eternidad.

– ¡Tú no estás muerto Poeta; y el destino lo dirá!

— A Pinocho...

– Ah, Pinocho: Con tu nariz larga de oso, con tu verbo ultrameloso; y con tus manías de buen mozo que solo se fía de sus ojos. Con tu boca y cuero de árbol tomados de un leño quemado, con tu fibra de hombre osado y respetuoso de tus modos madurados; con fina pluma y buen rostro...

– Ah, Pinocho: Con tus historias de lobos, de lunas llenas y pozos llenos de flores de loto y de pecados ahumados, con tu volumen redondo y tus pedazos cuadrados hechos de palos y gajos. Ah, Pinocho, con tu faro del espacio donde se enciende el demonio atolondrado del morbo...

Con tus piadosas mentiras inventando lodo en rimas, piedras, volcanes y cosmos cósmicos gravitando. Tú fiel madero fresado barnizado por un viejo sabio. Con tus brazos de fénix lógico hechos de tesón los poros, con tu cabeza de genio atolondrando; tú, leño tornado paradójico...

- Tú, Pinocho, desenfrenado peldaño que cuesta abajo se yergue caminando. Y cuesta arriba anda encantado con larga nariz y fuegos mágicos.

Ya no me hablas del todo, ya no sales como un loco por algún cuento jocoso, ya no me cuentas tus forros al dominó y entre Ogros. Ya no me tientas el verbo para futuros modelos, ya no me dices te quiero en una estampa hecha en versos; me has olvidado madero despintado y seco.

– ¡Y el poeta paga el precio de tu aspecto destrozado de tareco!

Se asume hombre imperfecto dotado de ciertos talentos, pero no tiene proyectos nuevos pues todos se están haciendo. Le ha chupado al caramelo su tierno dulce de besos, se siente talado y feo como un gajo de árbol viejo. Y a la estufa alienta verbos, resfriado hasta los huesos.

Si es que le implora al madero desecha el rezo y cae muerto. No llora nunca, qué es eso; no le han dicho como hacerlo. Ay Pinocho, que le has hecho a su cerebro, que apura dedos sin tempo. ¡Qué le ha pasado a sus cielos, que está nublado y lloviendo lagrimas sobre palos secos!

¿Por qué han cesado los vientos que guiaban su velero, por qué en difunto destierro, muere a sabiendas tan lejos? ¿Por qué si busca amor bueno, solo encuentra sufrimientos? ¿Por qué los sueños aquellos, de otros tiempos no volvieron? ¡Sin realizar se durmieron sin hacerlos!

– ¿Por qué antes más y ahora menos?

Y hoy solo queda el recuerdo de tu espectro de madero amnésico, de tu nariz de muñeco ecléctico que huele al hueso y al perro. Y solo riman sus versos porque el poeta es sincero, porque su Fénix es necio; y porque sus cuentos son buenos y sus argumentos certeros.

- ¡Y porque no le queda remedio ni dinero en el destierro!

– Ay, Pinocho, vuelve a sus versos bohemios. Vuelve a sus dedos poéticos y a sus cantares en tempo célico, vuelve Pinocho a sus cuentos y a sus amores eternos caramelos. Dale de Musas un Reino y de Duendes universos; y de besos el cielo entero y labios gélidos.

No lo dejes más sediento divagar por el desierto ardiendo en ruegos, has ya que vuelva hasta sus predios caribeños. Llama a Aladino y al Genio para que vengan a verlo, pinta colores y bello que lo hagan gozar de contento; y muestra el oleo en un museo de su pueblo.

- Y trae Milsueños de Cantero plantados a cielo abierto; y trae susurros gravitando sobre el viento, para sus jardines ebrios de sereno.

Y planta tu árbol en ellos, tú, flor de madero eterno. Tus juegos de niño travieso y tus conceptos de viejo. Llénale de amor todo el suelo y déjalo vivir con ellos, cumplir sus sueños en versos, a libro abierto el sendero; que a puro dedo se ha hecho.

– A Pinocho: *"Duende de los mejores cuentos poéticos y Señor del Leño con cerebro."*

- Vuelve al poeta hecho cuentos, para que puedan leerlos.

Aunque me cueste Milsueños.

- Yo tengo una imagen fija colgada de un sueño eterno, es una playa en el cielo con cocoteros y almendros.

– Es un sol poniente inverso con rayos largos y efectos de un arcoíris en ramos, que desde la arena van saliendo para pintarse en un cielo; de un amarillo hecho en versos, que se refleja en el suelo…

– Es una tarde con vientos que refresquen los aleros donde yo me esté meciendo. Es un velero hecho en fuego que entre luces se va perdiendo, al horizonte de un beso…

– Dado por unos labios bellos, a mis dulces labios de trueno; que se estremecen sedientos.

- Y en un puerto que recuerdo con palmeras y pesqueros, a lo ancho de un mar sereno, del lado opuesto del tedio y del aburrimiento que aborrezco; echar una botella al mar…

- Y pedir un deseo viejo; y llegar, llegar, llegar…

- Hasta ese lugar de ensueños de un sueño que no se me quiere quitar; porque no lo he visto hecho… Pero lo voy a realizar aunque me cueste Milsueños; y otras rosas de cristal, que plantaré en mi cantero…

– ¡Para no llorar porque no las tengo!

El Paracaidista.

– Para caídas, bajadas…
- Para subidas, paradas, para sentadas corridas y para la flor de nata el néctar que las abejas le liban. Licuando sangran en salsa aleteando con sus alas mágicas. Para mordidas, labiadas; las bocas de las cigarras y sus labios esmeralda.

- Para que el sol nos alumbre en la mañana, le canto esta serenata barda a la melodía gitana.

- Para que la luna salga está la madrugada entre sabanas; y las luciérnagas que cantan sus notas altas tras campanadas. Para que toquen la estampa está la pluma de quien les habla, que pinta de azul el alba y aún le queda tinta para retocar la mañana.

Que se dibuje muchacha y se sienta enamorada, que se vea en Diosa y Musa, en Ninfa ardiente y sin faldas. Que se presente y que parta para seguirla y buscarla a donde quiera que vaya, para tejerle con sus alas blancas, paracaídas en la espalda.

- Para que vuele a sus anchas extasiada entre mis sabanas, para que venga con ganas que no paran. - Y para cuando sienta en la mañana que me extraña:

La pintaré cuando me ama y no se calla, cuando se cae de la cama ardiendo en láminas. Y que me inunda en las distancia vuelta balsa, para que pruebe la gracia de sus armas. Para que en Venus me monte acalorada; paracaídas en la espalda…

- Para volar son las alas, para escalar las montañas, para el cielo nubes altas y para metas las largas.

- Para que vuelva y se valla, para que resbale y caiga, para que me inhale y me seque envuelto en lagrimas. Para dar lengua la hispana, que da al poeta palabras. Para caídas contadas, como tantas veces pasa; por las calumnias que manchan.

- Paracaídas las alas que un Dragón lleva en su espalda, para candela las llamas que cuando lanza quebrantan. Para los peces escamas y para las pieles almas que al horizonte reman y vagan; y para enamorar las frases cándidas.

- Que liban dicha en picada, paracaídas en la espalda; cual ilusión desamada por las trampas.

 Cual alas rápidas que vuelan al mañana olvidando lo que pasa. El Paracaidista me llaman, el laberinto de gracias del parque de las encrucijadas; y el buen amor que se ama. Porque me apego a una estampa y en versos lego palabras…

– Allá quien caiga por lágrimas, o por banas trampas baratas; todo Fénix echa alas…

– ¡Para volar al mañana, para caídas de espalda!

La Cenicienta de encuentros.

Vestida de largo y velo con sus tacones que saltan, partió corriendo en la mañana al amanecer del alba. No dijo adiós, no ladró perro, nadie la vio en su escapada que pueda describir esta estampa estilizada y mundana de la Cenicienta de encuentros. La bella dama encantada con la que pasé el momento que me ha inspirado estos versos, que la recuerdan corriendo...

- Nadie la vio, solo mi cara, pues su castillo fue mi casa.

Fingiendo que dormitaba le abrí los ojos en sueños, la vi vestirse apurada como quien no tiene tiempo y debe volver a su casa, antes de irse a trabajar el día entero. La vi desnuda en silencio recogiendo sus atuendos de modelo, para acalorarse el cuerpo.

Se los quité entre destellos con su cuello ante el espejo, en nuestra noche de invierno, cobijados al calor de un leño en fuego. La vi vestirse apurada amordazada de entrañas y sin deseos, pues de sus vellos frenéticos, brotaba el aceite gélido de sus adentros sedientos.

- De sus profundos senderos para mis dedos eclécticos.

Y recuerdo que de espalda me hiso un guiño, que habló sola y mandó un beso hasta mi pecho. Que abrí en sueño un ojo tímido y discreto; y vi sus labios erizados decir vuelvo. Y la perseguí en secreto hasta el alero; y las alondras cantaron como en versos...

- ¡Y las palomas volaron con nuestros besos, plumeando!

La vi saltando con sus tacones rascacielos, fina vestida de largo y el velo en vuelo de pájaros. La flor valiente de un ramo de Milsueños cabizbajos, la del jardín todo podado y polvoriento. El balcón alto y yo su guitarra tocando, mientras dormía el vecindario.

Y no nos vieron besándonos en la escalera y los bajos, no escucharon el escándalo que armamos cuando nos pegamos. Cuando subimos gritando un yo te amo, te amo tanto. Cuando al lado un caderazo la dislocó en otro orgasmo frenético y acelerado.

Y no la vieron partir con el vestido mojado y el velo volando al séptimo, bajo aguaceros de cielo con ruegos de sé mi dueño y ponme precio. De eres todo lo que quiero hasta mi espectro, de corazón que se ha abierto como pétalo en un edén de deseos.

- Sed de versos, como me has puesto leyéndolos.

Y al despertar no la vieron y ya todo estaba seco. Yo la recuerdo corriendo, a mi Cenicienta de encuentros célicos. A la que me creyó durmiendo después del momento tórrido que les cuento, a puro dedo y cerebro; y con la ilusión de un bohemio viejo.

Susurro encendido.

- Suelo, dos tragos, cabellos; y a cielo abierto su cuerpo…

Llueve a gotas vino tinto sobre las olas del puerto, dulce susurra un bolero. Se estira en la madrugada oliendo a barca, a golondrinas y pesquero. La veo parada de espalda moderando cual cangrejo, sus piernas me hacen señuelos y su cintura me rapta; haciéndome el amor en el agua.

Se ondula sola a la Aurora y se imagina en velero entre las brumas de un soneto, navegando mar adentro a pecho en peso, como sirena ninfómana desvivida toda oronda por un desterrado marinero; por aventuras y cuentos, con incienso y muchos besos por el cuello y por el resto. Y veo su silueta esbelta dando caderas al viento sobre la playa de una isla sembrada de cocoteros y con tesoros romanescos. E inundada con dos besos me la llevo, con un porro y unos versos que le he hecho; y con mis dedos describiéndoselo, el firmamento ve gélido…

Locos capricho frenético de tenernos con deseo, con todos los que tenemos, con los que tiene y yo tengo. Por la arena y bajo un árbol, con misterios; en la sala en la cocina y en el techo. Inundada con dos besos me la llevo, con un porro y unos versos que le he hecho.

- Porque siente que al quererme el sol se enciende, porque amamos lo soñado en el pasado. Porque todo lo que rima

172

suena a bardos, porque un nardo que he tocado me ha cantado un buen presagio. Y nosotros somos alba, velas barcos, manos llenas y milagros.

Luna imberbe y pies descalzos coitando, pluma ardiente y serenatas que cantamos. Piernas vuelve y al girar baja los brazos, toca piel y se deleita con sus manos. Se acaricia y yo la envuelvo al entreacto, suda, tiembla y el teatro se reanuda en cada parco. - Y volvemos al velero atado al muelle del puerto, a la sirena que cuento y a su amante el marinero. A los besos por el cuello y a sus cabellos que enredo, a sus labios y a mis dedos por su cuerpo; por sus profundos adentros polvorientos, por sus caderas y vellos…

– E inundada con dos besos me la llevo, con un porro y unos versos que le he hecho. Y encendida a cielo abierto me la cuelgo, como medalla en el pecho; y amor eterno a quien quiero. Y de espalda al alba acaba y llena el puerto, como una Venus en celos.

- ¡Y sus gritos que despertaron todo aquello…!

Sobre olas y en velero acaba el cuento, encendida, iluminado y los dos ebrios. Luna de tul, príncipe azul, magia y deseos. Ronda de bleus, caderas luz, cantos bohemios. Corona y cruz pues sin ella adjuro y dejo; rito, clamor amor eterno y gritos ebrios reviviendo.

– ¡E Inundada con dos besos me la llevo, con un porro y estos versos que le he hecho a cielo abierto y sin tintero!

La siempre viva.

– Allí vivimos nosotros años y años tras muros, fue nuestro nido de mundo, de soledad y destrozos. Fue nuestro todo profundo, el de amor lujuria y gozos. Allí vivimos nosotros y hoy somos polvo morboso y espectros de viejos humos; difusos pero siempre juntos.

- Y allí nos dimos cariño y jugamos como niños atrevidos, allí mismo nuestros hijos se hicieron maja y buen mozo, nos enfrentamos celosos y nos dolimos perdidos. Nos dimos besos melosos y hasta explotamos el piso y los ladrillos porosos de los muros del castillo.

– ¡Y así mismo nos quisimos sin mentirnos!
- Si que me acuerdo marido...

Y hasta de mi vestido rojo con su corsé para triunfos, que me ponía sin disimulo pues mostraba el pecho único que siempre exhibí con lujo. Ahora lo recuerdo y estrujo, pues me lo puse hasta sucio solo para rendirte tributo cuando me lo pedias mucho.

– Allí vivimos nosotros con orgullo, allí nos dimos antojos y desvivimos desnudos, allí los brujos golosos nos tentaron con ardides de los que osan los tramposos; y allí les dije ni modo, pues nunca amé a ningún otro. Y hasta el fin allí contigo reiné en todo...

174

- Y mira ahora que somos; tú y yo, nosotros.

Los dos, dos sombras y polvo, nosotros los más dichosos. Tu sin camisa y yo en rojo, tú en pantalones y atómico explotándome demonios cariñosos sobre el rostro. Ojerosos, yo muerta en vida y tú en morbo sobre el diván y ante ojos; pero el tiempo mata todo.

– ¡Y mira ahora que somos…!
Los dos espectros sin rumbo que gravitan sin cesar y aún vagan juntos. Nos amamos y hoy aún pedimos mucho, pues morimos al lado el uno del otro. Disfrutando la vejes sin vivir solos, pues el tiempo mata todo y a nosotros, nos mató el amor profundo y sus embrujos.

– Allí vivimos nosotros, de allí partimos de este mundo; y la pintura del muro recuerda que este amor fue único. Allí vivimos nosotros, nuestra visión de la vida, allí sufrimos caídas y nos paramos jocosos. Te recuerdas vida mía; te recuerdo hasta de aquella última rima… - Te recuerdo consentida y siempre viva.

- Yo te recuerdo mi guía, sin camisa pues nunca te diré mentiras ni en ceniza. Allí vivimos nosotros, en aquella casa vacía y linda que aun merodean nuestras almas cada día. Y te recuerdo querida; y hasta aquí en humos continuas siempre viva.

- Y nuestras almas se aman sin medida; y allí si revisan, nuestras cenizas respiran.

175

Rosas robadas...

- Por un laberinto de horas perdidas partió en la mañana.

Se fue escondida a dormir en silencio en su órbita ingrávida.
Se fue buscando sereno y rocío en escarcha, a amanecer en
su lecho con luz y guirnaldas. Se fue fundida en las brumas
de un día de calma; y ahora la extraño despierto y sufrido del
alma...

- ¡Y ahora la extraño; y ahora la extraño al pensarla!

Se fue a soñar que la vieron vestida de Dama, que encela en
sabanas blanca olores que vagan; y si le dicen te quiero soñando se casa. Se me perdió la mañana en su pliegue de falda, me desperté del desvelo y supe que no estaba quien me
canta...

Y me pasé la mañana rimando una estampa y esperándola,
adorando la esperanza de tocarla. Se me perdió y quedé solo
embrujado y sin cartas; se me perdió en la mañana y su foto
me mata. Se me perdió la palabra y las lagrimas me acallan
torturadas.

Se fue a su casa callada, cansada y orgásmica; quien con palabras declara los gestos lo atrapan. Se fue a mirarse la cara
de su noche mágica; y se llevó en el recuerdo las salsas bailadas. Me dejó foto, bufanda, espejuelos; y una nota cándida en
el espejo de la sala.

Me escribió que volvía pronto pues ávida inflamaba, se marchó casi desnuda sin medias ni bragas. Se puso mis botas altas, mi gorra y mis gafas. Se fue cubierta de polen color esmeralda, se fue despidiendo olores del hombre que ama; y yo pidiéndola en magma…

- ¡Ahora la extraño deseándola!

– Se me perdió en la mañana; y ahora me falta su gracia.

Por un laberinto de prosas oníricas partió acalorada, se fue a buscar rosas blancas al jardín de su cuadra, se fue a tomar una ducha, a solas, para disfrutarla. Y me dejó en el espejo un letrero que calma; y firmó con sangre el reflejo, loca enamorada ensangrentada.

- Me escribió sobre el cristal: ¡Volveré con más ganas a tu casa, vuelta musa que engalanará tu sala cálida!

- Se me perdió y ahí está, la veo parada en la ventana.

Volvió a su nido de amor vuelta ramo y luz su cara, sé que se esconde apenada por no decir que partió, noto en su rostro el candor pues los vapores la abrazan. Las rosas rojas, las blancas, todas ella; son robadas. Y cuando entra su olor destila por mi casa.

- ¡Salta de encanto y ardor y esparce rosas robadas por la sala de mi casa; y me engalana la estampa!

Sexto sentido y argumentos para versos.

- Fuentes del sexto sentido viertan su tinta en mis letras, tráiganme de azul cielos nítidos y su piel roseada de fresas.

De rojo labios los mismos que trino y pico me inspiran, los que describo, los de ella; los de su musa bonita plena de deidades míticas. Los de su sobria sonrisa y su mirada perdida de Reina de las diosas ebrias. Y tráiganme en líneas sus cejas, que le daré rostro a su hembra de película.

Como en leyendas quiméricas que en poemas se recitan; como nardos y azucenas ornando ramos de adelfas... Tráiganme su aurea divina y su sombra faraónica, sus dulces manos de niña y su pecho sin estola. Tráiganme la gloria ahora y en premio su silueta mística de Señora de las pompas. Su voz, su sangre, su linfa y sus cabellos sin velo; sus blancos cabellos negros que despeino...

A caballo por senderos vueltos versos color sueños, a mis pies tocando el suelo y yo implorándole su cuerpo fotogénico, con sus vestidos toreros y sus desnudos gimiendo. A los dos en un convento pecando al amor eterno; y quemados al madero en fuegos, como dos tortolos bohemios... Fuentes del sexto sentido no se olviden de estos versos, busquen al rostro que cuento y díganle que yo los firmo.

Que deseo pintarle en verbos su silueta de modelo, que lo compro al mejor al precio si regalado no puedo. Díganle piropos tiernos con sabor a caramelo. Y díganle que si un día la encuentro no podrá olvidar mis besos cuando le robe el primero; cuando le erice sus vellos con mis dedos. A todo color por sus cielos, conmigo volando al séptimo; cantando oronda un bolero, acariciada hasta el cuello...

- Fuentes del sexto sentido y argumentos de tintero, nunca olviden que leyeron a quien cuento; descrita en versos.

¡Si la sueño!

- Fina magia la que alaban los que la ven cuando pasa, todo en ella de su marca; medias, talones y falda, que se alarga si la aclaman.

- Piel que rima con manzanas y color rosa de Francia empetacada, fragancia tul perfumada con el rojo de sus ganas siempre ávidas; que nunca faltan, que siempre ensalzan. Todo en ella es fina magia, credo de ardor, aceite de plantas aromáticas y dulzura de naranjas adobadas con albahaca. Su belleza exagerada es de alta y clásica...

Tiene cabellos largos de seda colgados de un rostro en sabia, caros labios esmeraldas con fresas de su comarca, ornados para besarla si la despertamos al alba, café con leche a la cama. Todo en ella es una imagen con palabras rebuscadas, espontaneas e inspiradas para amarla. Luz encendida y terraza, al cielo de la madrugada.

Qué suerte de mujer tan fuerte que cuando cae se levanta, vuelve a girar al mirarla y se mira para verse, cierra los ojos y advierte que con sus gemidos viene; y llega hasta donde puede con sus metas realizadas. O mejoradas, si quiere, porque está hecha de magma. Toda ella es la dama respetada que su figura le abarca.

Lleva la espalda tatuada con la clave de su pentagrama. Y pide que al ser tocada su silueta de guitarra, sea con las notas del alma que la enamoren mientras la rasgan. Porta en su pecho las balas de unos cañones que matan a quien juegue conquistándola, pues no soporta las patrañas de los zánganos que alaban y no aman.

- ¡Todo en ella es fina magia y hasta la negra la exalta!

Embruja con sus pestanas y con su nariz presagia que respirará a sus anchas. Toma el sombrero y el velo y se extasía contra la ventana; y embelesa al parco entero con sus maneras románticas y su vuelo en mariposa caramelo. Que liba néctar de entrañas y luego florecen Milsueños; los pétalos ebrios y la corola ardiendo.

- Baila ondulando caderas, a diestra y siniestra; y al alba ya roseada.

Y amanece como en cuentos que recuerdo, el momento dilatado en día entero. Besos dados, regalado, vientos célicos, húmedos y ensalivados. Secos, durmientes y tiernos. Besos fieros, locos, con genio; y más besos, labios, fuegos. Y versos susurrados al alero, bajo cascadas; y mojados en deseos de algún día poder tenerlos.

– Todo en ella es fina magia; ¡si la sueño!

— Cómo toma de agua...

- Cómo una toma de agua que sale de las montañas y hasta el mar no asienta en calmas, así es la vida de las almas que vagan con la piel de sus entrañas arrugadas. Simples palabras no bastan para definir si aman, tampoco lo están cuando hablan de sus amores de camas; de brisa tour y verde esmeralda.

- Cómo un zumbido sin ansia se aproxima la verdad cuando le hablan del alma. Como un Rey vencido viene a ver al Rey de los fuertes, hoy mismo vino el Rey fuerte a ver a la Dama Árida. Los trombones y campanas hacían honor a sus huestes; y el Rey de los persistentes, fue recibido en Germania...

Con los honores de un héroe, aunque aún no ha hecho nada, solo ha acordado sus armas... ¡Solo ha dicho soy más fuerte! Y a mí me gana quien pierde con dignidad en presente; y en futuro se realza, con la dignidad ganada. El pasado es una hazaña leída en cuentos de hadas, la flor blanca de la nata condensada sabe caña, invidentes, pero osadas y letradas como un duende verde.

- Cómo el semen de la remolacha plantado en bulbos de leche sobre una sabana morada, así es el agua de Francia. Rumbo azul de la esperanza que en verde surca al mañana. Así es el agua de Francia, sal y miel, de dulce y alba. Las pupilas y neuronas se me estallan, la vida me pide una rima; y en tinta riego palabras.

Los colores en ardores se me rascan, los calores, los amores, las distancias. Mi tierra sabe quien le habla en sus palabras, primaveras con razones riegan aguas atrasadas. Y el frio invierno deviene historias como hablan, un otoño sin nostalgia sabe a nada; regalo un verso al poniente, como he querido que salga.

– ¡Cómo una toma de agua…!

- Rio de un mar que siempre acaba en una playa acalorada; y en Milsueños el jardín florece al alba.

Lágrimas muertas.

– Seco el lagrimal, muerta la lágrima; y el rio sin aguas se derrama en la profundidad de sus entrañas. Se deja caer, se embarra, se pega a un chorro de magma. Y se vierte sobre rocas que resbalan; y luego quebrantadas sanan.

– Seco el lagrimal, suelta la lagrima atada. El cataclismo presagian los sentimientos que extraña arrebatada, pues no la quieren y basta. Pues querer es ver mañanas; y no sabanas mojadas blancas, que ni el café ya las mancha.

– Seco el lagrimal, gélida la lagrima cándida que disipa la esperanza. Las energías acaban ya que aunque quiera no hay tantas. Cuenta una historia barata y se refugia en la estampa que nos narra; seco el lagrimal y el ojo en cama.

- Muerto se siente y es cierto pues lo veo, se dice que no tiene suerte y yo confirmo lo expuesto. Que en verdad nadie lo quiere y que solo es un espectro, que ni reflejos ya tiene y de sus dedos ni hablemos; pues no puedo…

- Pues yo no acepto lamentos, ni gritos por momentos tensos; ya que no soy un pañuelo, que seca lagrimales necios. Tampoco soy su señuelo para casarme en un premio en honor porque me oyeron; soñar despierto…

Quien tenga miedo que se compre un perro. Así le dije al sujeto de este cuento luego de calmarle los nervios, de qué sirve llorar senos si entre las piernas no hay sesos; de que te sirvió el misterio, si al final te descubrieron.

– Seco el lagrimal, recia la lágrima que desvestida se escapa y dice basta. Se ve perdida por la sala de su casa, sin luz ni danzas. Aventurando por senderos donde falta el Sol al alba; y la hierba se rocía de escarcha de madrugadas.

- De fuego azul, de metralla, de cenizas grises cárnicas; y de olas de pentagramas, tristes y olvidados bajo faldas.

Al fin se lava la cara, retrocede, cuenta, avanza. Se atrasa un rato en un puente y llega hasta Cuatro Estancias, a Cementerio Mujeres, donde se entierran las ganas ávidas. El lugar donde las pieles ornan sus viejos adagios bajo lapidas.

- Descanse en paz si es que quiere Señora Lágrima Amarga, así reza el tronco de un árbol espinado cual cactus de sábana.

Diseque el llanto en su vientre donde no puedan llorarlo, dígase que el sueño es largo cuando la realidad se enciende entre otros brazos. Seco el lagrimal, loca la lágrima ausente; ojos cansados de verse, clamor y magia que enmudecen.

- Lágrimas muertas rodando que secaron rio abajo. Y en ceniza y fuego fatuo se quemaron desencantos, abril, agosto, otoño y fango. Lagrimas muertas, arena y mármol. Cruenta la espera y puente vedado; y fin del acto, reencarnándolo. En el lagrimal mojado que he visto al terminar mí canto.

Un Don Juan vive entrepiernas.

El sol, la brisa y la niebla, las manos llenas de estrellas y la espalda a ramos llenas. La flor, la espina y la piedra, la irreverencia a sabiendas y la espiga que revienta. La diferencia y la empresa, la indiferencia y la entrega. Un Don Juan, de sus comedias, me contó una historia vieja.

- Como si fuera un poema; que vivo se deletrea...

Se da, se quita y se apega, describe un verso y la monta en un cometa; y en papel viejo de imprenta, al mar lanza una botella que volverá si un día llega. Afina el paso y la diestra, tumba a siniestra y modela, se analiza y la gobierna; y se destila en esencias por sus venas.

Ve al arquetipo del hombre que piensa en un oasis de perlas contemplando a una sirena, que en agua fresca lo apresa y le corta las cabezas al Dragón que come hembras polvorientas. Y ve el espectro de una falda caer desvestida en la orilla, dibujada en Afrodita.

- Y se dice que a lo utópico ya no le quedan rarezas para tentar las quimeras; con una idea se sueña, recuerden la filosofía de la vida que comienza. Del ser que nace y no aqueja porque tiene el corazón de piedra, bordado de amapolas que fermentan.

– Si Homero vivió Odiseas un Don Juan vive entre medias,

las vierte en queso y en fresas, las friega, ensucia y apena. Les roba de labios el néctar y riega esperma en riquezas. Siempre apuesta por sorpresa y aviva su verborreas; si penetra a quien se pierda.

Baila una rumba flamenca bajo el balcón de Doncellas. La pide a Dios y se acuesta con la novia del Profeta, le canta una balada tantrica y la pasea por el alba. La desnuda en hilo y tramas y luego a besos la abraza, tendida sobre su alfombra mágica.

Pura ilusión y guirnaldas por la azotea colgadas, Lotus, fragancia y manzanas, ardor, candor y un me amas susurrado desde el alma. Y una dulce respuesta apurada llena de gracia y melaza por sus oídos estalla; y la sirena se entalla ya colmada.

- Y un labio a labio en la playa vuelve a brotar desde el alma; y el oasis se hace aguas por donde el delta colmata la muralla. Y Cupido copula sobre la arena y le endiabla la cascada. La adormece y la despierta, la acaricia y la desmaya; la boca abierta impregnada.

- Y me dice que a lo utópico ya no le quedan rarezas para tentar las quimeras; pues con una idea se sueña.

– Si Homero vivió Odiseas, un Don Juan vive entre medias y se las quita hasta Eva, sin la manzana, sin las fresas y a dulce de verborrea gime tierna. Un Don Juan vive entremedias gozando sus quimeras y revienta bolsas de esperma si calienta.

- Y en labio a labio da tormentas y las hembras se marean si las pesca. Y dice adiós con paciencia, como no lo hará ni un profeta ni así la ciencia lo crea. Y si predice un me esperas, siempre deja puerta abierta a quien desea; y en laberintos la encierra.

– Si Homero vivió Odiseas, un Don Juan vive entre medias; y llena el cielo de estrellas y de prenda las Doncellas. Haciéndolas sentir Princesas, Sirenas, Ninfas y Colmenas. Que por su miel se recuerdan de su estirpe romanesca; que da a labios su cabeza.

- ¡Porque un Don Juan vive entrepiernas si lo tientan!

Versos serenos.

– Cuando la rabia me pasa me alegro de ver que el tiempo hace olvidar odios ciegos. Me vuelvo loco y en cóleras me diseco, suelto una lágrima al viento y doy con mi puño seco sobre el primer muro bélico. Y luego me alegro de tener un pecho fiero y un corazón con sentimientos buenos y sin venenos y de ser un ser que piensa que la violencia no es juego.

- Pues hace perder el tiempo; y nubla los pensamientos tiernos.

– Cuando me pasa el deseo de acabar con lo que tengo y de cambiarlo por modelos a los cánones perfectos, como dictan los cerebros alquímicos del intelecto homérico, no escribo ni un solo verso que pueda provocarles celos. Y enfilo mí cañón ecléctico hacia horizontes con derroteros nunca expuestos; y me digo que pensar luego, no fue nunca error de genios.

– Cuando los miedos que tengo me hacen escenas de cuentos, yo me digo que un torero, corta una oreja y gana el ruedo; y luego ve desde el parco aplaudiéndolo a quienes lo tildaron de ingenuo. Miro hacia atrás, vuelvo al metro, leo un periódico serio, veo a un amigo sincero y me fumo un porro amnésico; y me acuerdo de mi pueblo, en aquel agosto pérfido...

- ¡Y del día en que me dijeron, si no te vas, ya estás preso!

– Cuando la ira que acepto no desborda al irrespeto, doy un abrazo y un beso, a quien nunca oso perdérmelo. Me adelanto para verlo y le sonrío de lado, sigo mi camino hablando y paso a paso me desenfado. Me voy a un bar, pido un trago, canto un bolero ya ebrio; y a los ardores frenéticos, les digo adiós sin perder mi estilo bohemio.

- Y raramente nos vemos, porque mi tiempo es un eterno pasajero; que vuelve al pueblo y se destierra al extranjero.

Y vuelvo al banco y me siento en el parque que recuerdo, veo pintar al óleo un perro que lleva siglos mordiendo, escucho al poeta necio y analizo al embustero, le doy un consejo a un viejo y dispongo si me quedo. Y me exporto en una rumba a palo y fuego; y me adentro en lo profundo del espejo en que reflejo mi espectro de aventuro dispuesto.

Y les digo que lo acepto al merecerlo, sin perdón y sin lamentos, sonriendo a labios llenos a quien debo, justificando lo expuesto; pues el tiempo hace olvidar todo odio ciego. Y a quien no admita le ruego de pensar que no le miento, que frenos como cuernos puestos solo conllevan a ruegos; de amnésicos toreros muertos.

– Cuando me alejo del verso es porque apuesto, es porque estoy comprendiendo que ando lejos. Que hasta dedico algunos de ellos a aquellos seres que detesto, sin remedio; sin neutralidad, ni complejos. Y cuando me cambia la cara, al terminar lego estos ya sereno, a puro puñal los dedos, dejando el tintero seco; como en aquel agosto pérfido.

A qué hora un buen maestro te mencionará en ejemplo de algún sujeto complejo, a esa hora, si nos vemos; les traeré versos nuevos y aguaceros de Universos. A esa hora envueltos en trinos los besos lloverán desde el cielo ya gimiendo...

¡Como torrentes por mis dedos infinitos...¡

Me presentaré primero y luego legaré lo hecho en un paisaje quimérico, ornado de pétalos ebrios salidos de mis canteros de Milsueños.

Y luego me iré bien lejos a disfrutar con mi himno; yo no me cambio por libros, ni me vendo cuando no los firmo.

(Como un paisaje quimérico, Pág. 89)

Este libro vio igualmente la luz gracias a las sinceras y amistosas colaboraciones de:

Prologo: Salvador Pliego. *Poeta, Escritor y Antropólogo mexicano.*

Web del poeta: http://salvadorpliego.wordpress.com/

Caratula: Ariel Arias. *Fotógrafo cubano.*

Web del fotógrafo: http://www.ariaphotographe.com/

Web del autor: http://tonycanterosuarez.com/

© COLECCIÓN TÍTULOS & PRÓLOGOS.

EL PRÓLOGO DE UN LIBRO & TEXTOS DE TÍTULOS ONÍRICOS....

Folleto literario publicitario.

Issuu: http://issuu.com/tonycanterosuarez/docs/t_p_____personal_-_el_pr__logo_de_u